BRUXAS

BRENDA LOZANO

Bruxas

Tradução
Silvia Massimini Felix

Copyright © 2019 by Brenda Lozano

Grafia atualizada segundo o Acordo Ortográfico da Língua Portuguesa de 1990, que entrou em vigor no Brasil em 2009.

A primeira epígrafe do livro foi extraída da obra de Emily Dickinson *Não sou ninguém: Poemas* (Campinas: Unicamp, 2009), com tradução de Augusto de Campos.

Título original
Brujas

Capa
Elisa von Randow

Imagem de capa
Jimena Estíbaliz

Preparação
Márcia Copola

Revisão
Marina Nogueira
Aminah Haman

Dados Internacionais de Catalogação na Publicação (CIP)
(Câmara Brasileira do Livro, SP, Brasil)

Lozano, Brenda
    Bruxas / Brenda Lozano ; tradução Silvia Massimini Felix.
— 1ª ed. — São Paulo : Companhia das Letras, 2024.

    Título original: Brujas.
    ISBN 978-85-359-3675-9

    1. Ficção mexicana I. Título.

23-177268   CDD-M863

Índice para catálogo sistemático:
1. Ficção : Literatura mexicana M863

Cibele Maria Dias – Bibliotecária – CRB-8/9427

Todos os direitos desta edição reservados à
EDITORA SCHWARCZ S.A.
Rua Bandeira Paulista, 702, cj. 32
04532-002 — São Paulo — SP
Telefone: (11) 3707-3500
www.companhiadasletras.com.br
www.blogdacompanhia.com.br
facebook.com/companhiadasletras
instagram.com/companhiadasletras
twitter.com/cialetras

A Geometria é a maior Magia
Para a imaginação do mago —
Cujos prodígios, meros atos,
A humanidade prestigia.
                    Emily Dickinson

The Nameless is the origin of Heaven and Earth; the named is the mother of all things.
                    Tao Te King

1.

Eram seis da tarde quando Guadalupe veio me dizer mataram Paloma. Nunca me lembro das horas, nunca me lembro dos anos, não sei quando eu nasci porque nasci do jeito que a colina nasce, tente perguntar pra colina quando ela nasceu, mas sei que eram seis da tarde quando Guadalupe veio me dizer mataram Paloma quando ela estava se arrumando pra sair, eu vi ela no quarto, vi o corpo dela no chão e o brilho dos olhos estava nas mãos dela e no espelho a gente via as duas e as duas tinham o brilho nas mãos como se ela tivesse acabado de passar o brilho nos olhos, como se Paloma pudesse levantar pra me dar o brilho.

Paloma tinha amado muitos homens que não gostavam dela, tinha amado muitos homens que gostavam dela, e vieram tantos homens no seu velório que foi como uma celebração. Minha irmã Francisca e eu éramos parentes da Paloma por parte de pai, a única pessoa que sobrou da família dele era Paloma, filha do Gaspar, o irmão do meu pai que também já tinha morrido. Paloma era a única que trazia no sangue o poder de cura do meu pai, o poder de cura do meu vô, o poder de cura do meu bisavô, foi ela quem me ensinou tudo que eu sei, foi ela quem me disse Feliciana tu és curandeira porque trazes isso no teu sangue. Ela me disse isso se faz assim, isso não se faz assim, tu carregas A Linguagem, meu amor, foi ela que me disse Feliciana tu és a curandeira da Linguagem porque O Livro é teu. Paloma chegou a curar muitos homens que não gostavam dela, e pra muitos homens que amavam Paloma ela contou seu futuro, curou muita gente e contou o futuro pra muitas pessoas nas querenças florescidas ou nalguma malquerença que fazia elas definhar, a gente gostava dela por isso, Paloma era boa em dar conselhos de amor, as pessoas riam com ela e procuravam ela porque ela era boa dando conselhos de amor.

 A morte chamou Paloma três vezes. A primeira vez foi quando ela amou um político, foi lá que a morte botou seu ovo. A segunda vez a morte chamou Paloma quando ela amou um homem mal-amado, lá a morte fez trinados no seu ouvido com essa malquerença. A terceira vez a morte chamou Paloma quando ela amou um homem na cidade com uma doença ainda não nascida mas prestes a nascer, e a morte cantou pra ela tão claro quanto o sol dizendo que a morte vinha às seis da tarde daquele dia em que Guadalupe veio me dizer mataram Paloma com o brilho nas mãos, e eu vi ela no espelho duas vezes e duas vezes ela parecia muito viva, se não fosse pela mancha de sangue que ia crescendo embaixo dela. Mas que hora terrível, eu me lembro que hora terrível. Pra mim eram seis da tarde em todos os lugares do mundo de hoje, de ontem e de todos os tempos, embora em cada parte exista seu relógio, sua hora e sua língua, pra mim em todos os lugares era a mesma hora e só pra mim existia essa língua, e essas palavras eram as únicas porque Guadalupe veio me dizer mataram Paloma. Eram seis da tarde na sombra que o sol faz na *milpa** lá fora, eram seis em ponto quando A Linguagem me abandonou.

---

* Como é chamado o sistema agrícola tradicional mexicano. Embora às vezes se traduza como "milharal", a *milpa* é um terreno cultivado no qual o agricultor planta basicamente milho, feijão e abóbora, mas também pode se dedicar a uma série de cultivos ao mesmo tempo: abacate, chuchu, melão, tomates, pimentas, batata-doce, *jícama* (tubérculo), amaranto e *macuma* (legume). [Esta e as demais notas são da tradutora.]

2.

Aceitei escrever o artigo sobre o assassinato de Paloma pela raiva que sinto em relação à violência de gênero. Cada vez eu era menos tolerante às notícias sobre feminicídios, estupros e abusos, e também às piadinhas machistas que ouvia na redação. Reagia a situações e comentários que deixavam em desvantagem uma mulher ou quem se identificasse como tal, e de minha trincheira no jornal queria fazer o possível para dar minha contribuição ao tema. E também, nesse caso, queria conhecer Feliciana, pois tinha muita curiosidade a seu respeito. Aceitei escrever o artigo sem saber muito além do que todos sabiam: que ela é a célebre curandeira da Linguagem, a curandeira viva mais famosa. Sabia que em suas cerimônias ela se valia das palavras para curar milagrosamente as pessoas, e conhecia histórias de artistas, cineastas, escritores e músicos que tinham vindo de vários lugares do mundo para conhecê-la. Sabia dos professores e linguistas que vieram do exterior até a serra de San Felipe só para vê-la, e sabia que havia livros, filmes, músicas e obras de arte inspirados nas visitas que as pessoas lhe faziam — não sabia exatamente quais, mas sabia que existiam. Recebi uma fotografia forense de Paloma estendida no chão em meio a uma poça de sangue, ao lado de uma cama com uma coberta estampada com a figura de um pavão. Num e-mail de duas linhas, um colega de trabalho me disse que Paloma era parente de Feliciana, que havia sido ela quem a iniciara como curandeira, mas não tinha mais informações.

O sobrenatural nunca me chamou a atenção, o esotérico menos ainda. Todas as maneiras de lucrar com as crenças me parecem uma fraude. Nunca li o tarô, nunca procurei meu horóscopo nas revistas. Certa vez, alguém me explicou o que era um mapa astral, eu não consegui prestar atenção e em meu íntimo me perguntava o que levara aquela pessoa a se interessar tanto por astrologia. Certa vez, alguém me perguntou qual era o signo de meu filho de dois anos, eu não soube responder, então na mesma hora a pessoa procurou no celular e foi assim que descobri que Félix é de Libra. Certa vez, um homem bêbado numa praça, com uma voz cavernosa, leu minha mão e a de minha irmã Leandra quando éramos pequenas. Dessa ocasião, só me lembro do bafo de álcool do suposto cartomante que usava enormes óculos de sol quadrados e cuspia quando falava. Sempre fui cética, mas alguns episódios com minha mãe e minha irmã me faziam questionar os poderes da intuição. Eu me perguntava de onde vinha isso, como era possível explicar. Queria saber quem era a famosa curandeira da Linguagem e desejava, na medida do possível, esclarecer o caso de Paloma, saber quem ela era. Gostaria de dizer que o assassinato de Paloma me levou a Feliciana, foi assim que começamos a entrevista, mas esta não é a história de um crime. Confesso que eu pensava que ia ajudar com meu artigo, mas quem recebeu ajuda quando me aproximei de Feliciana fui eu, sem saber que tinha urgência, e isso, tudo o que está escrito aqui, fui descobrindo por ela. Esta é a história de quem é Feliciana e de quem era Paloma. Eu queria conhecê-las. Logo entendi que tinha de conhecer melhor minha irmã Leandra e minha mãe. E a mim. Entendi que conhecer bem uma mulher significa conhecer a si mesma.

    Antes de viajar, resolvi algumas coisas na redação. Combinei com Manuel e minha mãe que ele levaria Félix para a creche antes do trabalho, e depois minha mãe iria buscá-lo e levá-lo para seu trabalho na universidade, ficando com ele o tempo que fosse necessário; então voltaria com o menino para sua casa até que Manuel passasse para buscá-lo. Foi mais ou menos assim que nos organizamos durante os dias em que estive em San Felipe. Eu ainda não tinha ideia do que estava por vir, nem imaginava o poder da presença de Feliciana. Ainda não tinha percebido que ela sabia, desde a primeira noite em que a entrevistei, por que eu estava lá, talvez seja por isso que tenha começado a me devolver como espelhadas as perguntas que eu lhe fazia, que me levaram do ceticismo às cerimônias com ela.

    A primeira coisa que encontrei na internet na tarde em que aceitei escrever sobre a morte de Paloma foram imagens de Feliciana com um famoso diretor de cinema e uma sessão de fotos em branco e preto dela fumando, tiradas por um fotógrafo gringo muito conhecido nos anos 1990. Encontrei várias vezes o mesmo retrato de Feliciana com Prince vestido de branco e seu símbolo, uma mescla do feminino e do masculino, que lhe pendia do pescoço numa corrente; vi várias fotos dela com um banqueiro dos Estados Unidos chamado Tarsone, muito poderoso em Wall Street, e sua ilustre esposa pediatra, e descobri, por meio da leitura de alguns escritores, que ambos tinham se empenhado muito em tornar o nome de Feliciana conhecido no mundo inteiro depois de terem visto o primeiro documentário sobre sua vida e suas cerimônias, e, numa foto dela entre o banqueiro e a pediatra, achei que Feliciana não devia medir mais que um metro e meio, e só quando a conheci pessoalmente é que percebi que era ainda mais baixa. Mas de Paloma encontrei apenas uma foto em companhia de um grupo de rock argentino — tinha ouvido aquele *Unplugged* milhares de vezes quando tinha treze anos, enquanto ensaiava bateria na garagem que eu compartilhava com meu pai aos sábados, onde ele montava e desmontava carros ou os eletrodomésticos de minha mãe ou de seus colegas de trabalho —, e, nessa pesquisa, fiquei surpresa ao descobrir que uma música desse álbum, que eu havia aprendido de cor pensando que falava sobre uma viagem espacial, era dedicada a ela. Tentei descobrir quantos anos Feliciana tinha, sua data de nascimento, procurei sua certidão, qualquer coisa sobre o lugar onde ela nascera, mas não consegui encontrar nada.

3.

Não sei quando nasci, não sei a data que eu cheguei no mundo, mas foi num dia do século passado. Sei que minha mãe rondava os treze anos quando eu nasci e meu pai estava lá pelos dezesseis, minha irmã Francisca nasceu uns anos depois e fomos as únicas, porque meu pai morreu quando minha irmã Francisca mal andava e minha mãe já não quis conhecer mais homens. Eu não tive muito contato com meu pai, com o tempo descobri que ele era muito trabalhador, descobri que vendia a colheita da *milpa* no mercado da cidade vizinha e que de noite ele era curandeiro, como meu vô e meu bisavô tinham sido curandeiros. Paloma ajudava meu pai nas veladas.* Com o tempo, também descobri que meu pai curou muita gente, e alguns me procuraram quando eu era menina pra me agradecer por alguma coisa que meu pai curou neles, e teve um que me agradeceu de joelhos abençoando o nome do meu vô por uma neblina que ele curou nos seus olhos.

* Vigílias de cura feitas pelos xamãs nos rituais dos mazatecas.

Eu de menina tinha uma intuição enorme, Zoé, igual sua mãe. Algumas pessoas perguntavam coisas pra minha mãe e eu respondia sem que me vissem e as gentes se assustavam. Uma vez, veio ver minha mãe um homem chamado Fidencio que vendia tábuas de madeira pra telhado, esse Fidencio estava triste, tão acabado como as tábuas molhadas pelas chuvas ele estava, e minha mãe serviu feijão pra ele e eu toquei o braço do Fidencio, fechei os olhos e vi um cachorro branco perto de um monte, eu disse pra ele que o cachorro era desse tamanhinho e vi um menino que estava lá indo pro monte e o cachorro seguia o menino. Fidencio começou a chorar, me disse como tu sabes disso, eu só disse pra ele o que vi quando toquei seu braço. Disso eu me lembro bem porque Fidencio começou a chorar e ficou bravo. Já de menina eu sabia que era uma curandeira porque trazia isso no sangue como Paloma, daquele lado, do lado do meu pai, do meu vô e do meu bisavô, isso eu trago no sangue, mas foi só quando fiquei viúva do Nicanor que soube que esse era meu caminho. Seu marido, como se chama? Manuel. Paloma me ensinou meu caminho, meu pai apontou ele pra mim, me passou no sangue, mas foi Paloma quem me ensinou. Não sei muito bem, mas eu devia ter uns vinte anos quando fiquei viúva, ou talvez já tivesse passado dos vinte e já tivesse meus três filhos Aniceta, Apolonia e Aparicio, eu cuidei deles, da minha irmã Francisca, da minha mãe e depois da Paloma, embora ela não morasse com a gente, morava com José Guadalupe, seu marido, ela já não podia curar as pessoas porque queria passar as noites com ele em vez de fazer veladas. Sim, tem dois nomes, José Guadalupe veio me dizer mataram Paloma às seis da tarde, eram seis em ponto quando veio me dizer, e eu sei disso porque essa é a única hora que eu tenho e nessa hora A Linguagem me abandonou.

Eu não conheci meu vô nem meu bisavô em pessoa, do meu pai tenho poucas lembranças, mas foram eles três que me receberam quando me iniciei como curandeira. Eles, meu vô e meu bisavô que eram conhecidos por curandeiros, eu não conheci até o dia que me iniciei, vi os dois na velada em que me iniciei já viúva e naquela noite vi que meu neto mais novo, que também chama Aparicio como meu filho mais novo, é o que parece mais com meu bisavô. Paloma parou de exercer o ofício de curandeira quando começou a amar os homens, mas isso a gente não tira ou abandona, é uma coisa que a gente traz, que desperta como um cachorro de noite com ruídos leves. Paloma me disse Feliciana, meu amor, se não dá pra farrear de noite com os homens e curar ao mesmo tempo e o mundo vai acabar de qualquer jeito, eu vou é sair de noite, então ela deixou as veladas de um dia pro outro. O povo começou a ir no Tadeo o Caolho ali do outro lado das *milpas* e dos canaviais, ali passando os barrancos e a neblina, o povo ia pra lá, pro barraco dele, antes da minha iniciação iam com ele, que contava umas lorotas lendo nos grãos de milho em troca de aguardente, depois as pessoas da vila vieram me ver, então começaram a vir dos vilarejos vizinhos, vieram das cidades e até de outras línguas.

Eu sou xamã, mas é mais fácil me chamar de curandeira, é assim que me conhecem. Tem uns que me chamam de bruxa. Sim, tem uma diferença entre ser curandeira e ser xamã, uma curandeira cura as pessoas com suas misturas e suas ervas, e uma xamã também, mas uma xamã também pode curar coisas que não são do corpo, pode curar as coisas que são das águas profundas, eu curo o que as pessoas viveram no passado e, por isso, curo o que elas vivem no presente. É por isso que as gentes me dizem, depois, que eu curo o futuro delas. Eu olho pra você e vejo que veio por causa da Paloma, mas também outras pessoas lhe trouxeram pelas mãos. Paloma me disse Feliciana, meu amor, xamã, curandeira ou bruxa é muito pouco pra ti porque tu tens A Linguagem, tu és a curandeira da Linguagem, teu é O Livro.

E Paloma também me disse Feliciana, minha vida, curar os homens nem sempre é necessário porque nem sempre eles estão doentes, mas os homens são sempre necessários e com eles eu curo minha parte *muxe*,* meu amor.

---

* No estado de Oaxaca, situado no sul do México, existe um gênero que não é considerado feminino nem masculino, conhecido como *muxe*. Nas culturas zapotecas, *muxes* são pessoas não binárias que se expressam no gênero feminino, embora designadas como masculinas no nascimento. Por isso, elas são chamadas de terceiro gênero. Alguns estrangeiros descrevem as *muxes* como mulheres trans, travestis ou até homossexuais que optam por usar trajes femininos; contudo, existe na comunidade das *muxes* um componente mais específico, étnico, de pertencimento à cultura específica de uma região.

4.

A intuição de minha mãe me assustou três vezes, pelo menos. A primeira foi quando eu tinha dezesseis anos, numa ocasião em que acabava de voltar da casa de María, uma amiga com quem aos treze anos eu formei uma banda de rock, uma banda sem futuro, que chamamos de Fosforescente. Eu havia chegado tarde em casa, tinha fumado maconha, não queria lhe contar. Comecei a mentir até que minha mãe me disse detalhadamente algumas coisas que havia na sala da casa de María. Embora eu tivesse ido várias vezes àquela casa para ensaiar com a banda, nunca tinha entrado na sala antes daquela tarde, e quando fumamos maconha com alguns amigos, eu fiquei por muito tempo olhando para um quadro de flores que minha mãe me descreveu. Como se isso não bastasse para me assustar, ela me disse a frase que viera à minha mente depois de uma ampla linha de raciocínio, uma frase que eu pensei mas não contei a ninguém e que me parecia uma verdade oculta, uma verdade tão importante como a invenção da roda. Em meu momento de iluminação, pensei e escrevi no verso de um recibo: "Somos todos diferentes". Envergonhada, ouvi essas palavras na voz de minha mãe e lhe perguntei como ela adivinhara aquilo.

A segunda vez foi aos vinte e três anos, meses depois de eu terminar a faculdade de jornalismo. Quatro anos tinham se passado desde a morte de meu pai e eu mergulhei numa depressão sem perceber que estava me afundando, embora houvesse coisas ao meu redor que eu poderia ter usado de boia de salvação. Ou pelo menos era o que parecia. Eu estava em meu segundo emprego como assistente de um editor que me chamava a qualquer hora, sábado ou domingo, para pesquisar alguma coisa, para escrever algum artigo ou para fazer parte de seu trabalho nos fins de semana. Era um homem de quarenta e seis anos, casado, neurótico, inseguro e machista. Não me chamava pelo nome, me chamava de Menina. Vamos lá, Menina, faça isso, vamos lá, Menina, faça aquilo. Foi assim que escrevi alguns dos artigos que ele publicava em seu nome. Um salário modesto me permitia pagar o aluguel de um pequeno apartamento, eu escrevia em algumas publicações e, embora a soma total fosse apertada, me sentia feliz vivendo naquele lugar. Numa sexta-feira, eu saí do jornal direto para a festa de uma amiga de meu primeiro emprego, e no caminho recebi uma ligação de Rogelio, o primeiro homem com quem saí depois de meu primeiro namorado. Rogelio chegou à festa e me puxou para um canto para me dizer que queria terminar porque gostava de outra pessoa. Meu coração ficou apertado, eu estava bêbada, mas me lembro claramente de que, ainda na frente dele, me doía imaginá-lo beijando outra pessoa, então saí da festa sem me despedir de ninguém. Lembrei-me de Julián, meu primeiro namorado com quem fiquei por vários anos e de quem ainda não tinha me desligado totalmente, lembrei-me de uma bobagem que ele dizia e isso me fez sorrir quando fui, de coração partido, até o carro que meu pai me dera aos dezoito anos, um carro que ele havia comprado caindo aos pedaços e restaurado em seu tempo livre na garagem de casa. Um Valiant 78 prata cuja manutenção era como um terceiro trabalho não remunerado mas em cujo painel havia um ímã da Maggie Simpson que meu pai tinha colocado ali quando me presenteou com o carro. Era uma noite de verão e fazia calor. Eu não sabia muito bem quanto tempo havia passado, mas tinha conseguido sair sem me despedir de ninguém. O ar-condicionado do carro estava quebrado, tinha chovido e, para limpar os vidros embaçados, eu guardava uma flanela vermelha no porta-luvas. Lembro que estava prestes a pegar o pano para limpar o vidro num semáforo e pensei pela primeira vez que podia me suicidar naquele momento, cruzar a avenida sem parar, com os vidros embaçados, e acabar com tudo de uma vez por todas. Agora que digo a palavra "suicídio", ela me parece muito pomposa, distante, até engraçada, mas quando se necessita desesperadamente de uma saída, uma porta, seja lá o que for, acima de tudo é uma tranquilidade saber que o lembrete de uma fuga está lá, talvez piscando de modo intermitente. É tranquilizador pensar na mera ideia de que existe a possibilidade de acabar com tudo a qualquer momento. Eu diria que a possibilidade de um fim nos dá forças diante da desolação. Eu estava naquele buraco havia semanas, ou melhor, meses. Não cheguei ao fundo por terminar com Rogelio nem pela quantidade esmagadora de trabalho, mas chegou como chegam os momentos importantes, de um segundo para outro, sem avisar, antes de atravessar um semáforo, numa noite de sexta-feira após um longo dia de trabalho e depois de uma festa, meio bêbada, numa noite quente depois da chuva. Alguma coisa encheu o copo que estava prestes a transbordar e então ficou claro como aquele buraco no qual eu tinha me enfiado era escuro. Senti uma imensa tristeza que não sabia de onde vinha e que parecia aumentar pelo simples fato de eu reconhecê-la. Agora que o vejo à distância, sei que o cruzamento daquela rua foi meu ingresso na vida adulta, uma explosão contida porque, como Leandra já dera uma boa quantidade de problemas para meus pais, eu não havia me dado conta da pólvora acumulada. Comecei a chorar pensando que o suicídio podia ser uma saída quando o telefone tocou; pensei que fosse Rogelio, mas a voz de minha mãe me assustou: "O que foi, Zoé? Eu estava quase dormindo e senti que você estava mal, venha dormir aqui em casa". Fiz um esforço enorme para não chorar, disse-lhe que tinha terminado com Rogelio, queria desligar rápido e não ter de dizer mais nada naquele momento, mas ficou claro que não era isso, esse era apenas um sintoma. Parada no semáforo, eu não podia nem queria dizer mais nada. Com o punho da jaqueta, fiz um círculo no vidro embaçado para conseguir enxergar. Desatei a chorar até que juntei forças para atravessar aquele semáforo. Se há algo como um antes e um depois, algo que separa a adolescência da vida adulta, para mim foi aquele momento, depois da ligação inesperada de minha mãe, a mais desconcertante que já recebi. E também a mais oportuna.

 A terceira vez foi há cerca de três anos. Minha mãe, ao abrir a porta de casa para mim, disse: "Ora, ora, filhinha, essa gravidez vai ser uma maravilha pra você". Manuel e eu estávamos sem nos cuidar havia um bom tempo. No começo eu queria muito engravidar e em nossas conversas às vezes o assunto me deixava tensa, às vezes eu me sentia relaxada, mas tinha sempre muito em mente que não queria forçá-lo, talvez simplesmente não acontecesse, talvez a maternidade não fosse para mim, e esse pensamento começou a me dar tranquilidade. Chegou um ponto em que eu estava indiferente e engravidei num mês em que era pouco provável que acontecesse. Ainda era cedo para fazer um teste de gravidez e eu não me sentia fisicamente diferente. Dias depois, liguei para minha mãe para dizer que o teste tinha dado positivo e ela me respondeu, muito tranquila, que era um menino saudável.

Já aconteceu com Leandra algumas vezes também. Uma delas, como a minha, também foi um salva-vidas. Minha mãe fica irritada que a chamemos de bruxa quando nos referimos a esses episódios, ela afasta essa palavra como se fosse um casaco que não é do tamanho dela nem de seu estilo. Ela chama de intuição, e essa é a palavra que usamos.

Minha mãe não quis nunca usar óculos como minha tia, que desde sempre usa uns fundos de garrafa. Dizia que eram uma máscara que ela não queria pôr, não queria que os olhos ficassem enormes por trás dos óculos e ela parecesse um cachorrinho no abrigo pedindo desesperado que o adotassem, então fez uma cirurgia para corrigir o grau e eu tive de levá-la até a clínica. Cuidei dela por uma noite, e em alguma de suas digressões perguntei sobre esse traço divinatório. Com os olhos vendados, ela me disse que a clarividência em si não existe, que é apenas uma certeza, como a certeza de que você está queimando a mão no fogo. Com essa mesma certeza ela sentiu em algumas, em muito poucas ocasiões, que algo estava acontecendo. E esse foi seu momento de maior introspecção sobre o assunto.

5.

    Eu vejo o futuro das pessoas, vejo com clareza o futuro delas porque isso é A Linguagem, porque às vezes o passado e o futuro passeiam no presente na Linguagem, mas não vejo o futuro das pessoas porque procuro, isso a gente não procura. No meu vilarejo tem outras pessoas que veem o futuro, Paloma também podia ver se o futuro passeasse na frente dela, por isso que as pessoas pediam conselhos de amor pra ela, contavam o que estava acontecendo com elas pra que Paloma lhes dissesse seu futuro nas querenças. A gente já nasce com essas coisas.
    Eu nasci em San Juan de los Lagos, que é um vilarejo cheio de culpa, primeiro porque não tem nem lago aqui e é assim que se chama; em San Juan de los Lagos com muito custo as chuvas conseguem fazer umas poças, a maior se fazia lá onde ficava o altar azul da Virgem de Guadalupe, com esforço a gente levava água do rio, Paloma vinha pegar água do rio com Francisca e comigo, Paloma morava com a mãe dela, mas em San Juan de los Lagos não tinha lago, nem água parada tinha ali, em San Juan de los Lagos nem as moedas paravam na casa de ninguém, cho-

via e por isso havia as *milpas* e a semeadura, mas se alguma coisa sobrava no povoado eram as culpas, até no nome, pois eu lhe digo que não havia lagos nem água em San Juan de los Lagos, assim como existem mulheres chamadas Soledad e Dolores que andam às gargalhadas e sempre rodeadas de gente. Existia muita culpa no vilarejo onde a gente nasceu, pra onde você olhasse via as culpas, e alguém como Paloma se sobressaía porque ela não sentia culpa de nada, e sempre foi assim, desde quando a gente carregava água. Paloma era assim porque nasceu de uma família de curandeiros, Paloma nasceu homem, Paloma nasceu Gaspar, e uma vez carregando água quando era menino, minha irmã Francisca lhe disse tu és como nós, e depois quando já era *muxe*, Paloma me disse Feliciana, minha vida, por que eu sei que sou *muxe* desde pequeno? É como se tu me perguntasses por que meus olhos são tão pretos e tão belos, a gente nasce com isso e também nasce bruxa. Paloma, ainda como Gaspar, começou a ser curandeiro com meu vô nas suas veladas, quando criança ela ajudava meu vô porque era o único neto homem. Eu nunca conheci meu vô, e Paloma, quando era Gaspar, ajudava meu pai nas veladas, isso sim eu fiquei sabendo, que quando era menino ajudava meu pai, eu não lembro disso mas Paloma me dizia que sim, que eu estava lá quando pequena. Meu pai Felisberto não era um homem que sentia culpa, e embora a gente não entenda por que o galho sai da árvore como sai, com a gente acontece o mesmo, porque o sangue não dá explicações, você também tem seu filho Félix, eles herdam tudo, mesmo que não conheçam seus mortos. Meu filho Aparicio me lembra o pai dele, Nicanor, tem os mesmos gestos, e fica bravo do mesmo jeito que ele ficava, e eles mal se conheceram, e assim também o poder de cura passa pelo sangue. Com você acontece a mesma coisa, com seu falecido pai e seu filho Félix, os dois vão continuar se parecendo porque o sangue não dá explicações, você vai ver quando ele crescer.

    Paloma nasceu Gaspar e eu fui a primeira mulher da minha família que faz isso e eu também não nasci com sentimento de culpa nem me sinto menos nem me sinto mais pelo que eu sou, por causa de toda essa gente que vem do estrangeiro. Isso eu herdei do meu pai que era um curandeiro e da minha mãe que nunca abaixava a cabeça, minha mãe estava sempre de cabeça erguida e trabalhava todo dia. Ela estava por cima, não por baixo, não estava no meio, ela estava sempre por cima, e embora ela fosse calada como minha irmã Francisca, quando fiquei viúva ela me disse fica por cima, filha, tens que trabalhar como eu, como todas nós trabalhamos duro, tens que ir em frente como todas. Minha mãe perdeu um filho no frio do inverno, não tinha como agasalhar o menino do inverno e foi assim que ela perdeu ele nos seus braços do tempo frio que fazia em San Juan de los Lagos, minha irmã Francisca e eu não conhecemos meu irmão, minha mãe nunca quis dizer o nome que meu irmão tinha, ela não se curvava, ela não cedia à tristeza e se me dissesse o nome do meu falecido irmão ia se abrir nela uma ferida do tamanho da sepultura branca, pra ela vermelha nas suas águas profundas, ela não dizia tive um filho que perdi no frio do inverno, por isso nunca me disse o nome dele, ela me dizia eu tive a ti e a Francisca porque Deus quis assim, e minha mãe me dizia quando fiquei viúva Feliciana não fica por baixo, nunca no meio, fica por cima como eu, vai em frente, assim me dizia minha mãe que trabalhava duro e não se afundava nos pesares.

    San Juan de los Lagos tinha uma rua principal esquelética, como as costelas salientes de um cachorro que todo mundo conhecia aqui e acho que até nome a gente deu pra rua principal, como um cachorro que come as tortilhas duras que a gente por caridade molha nas poças, naquela rua a gente passava todo dia.

Também tinha um monte de pedras com uma virgem de Guadalupe que fazia uma grande poça no pé do altar azul que era nosso lugar de oração porque não tinha igreja em San Juan de los Lagos, tinha um altar azul e a água que ficava parada no pé do altar azul em San Juan de los Lagos, e um pau alto de onde pendiam cordas com flores de papel branco fazendo as vezes de manto da virgem no altar dela. Pra ir na igreja a gente tinha que ir pra San Felipe, o vilarejo próximo pra onde depois mudamos, agora já tem mais cidade, digo isso porque são Felipe, o santo, deixou que fizessem de tudo com ele, não cortaram até as orelhas dele?, fizeram de tudo com ele, lhe digo, é assim que acontece quando chamam seus filhos com o nome dos parentes, andam por aí repetindo as coisas sem saber que a maldade já chega pra eles no nome, e assim lhe digo, são Felipe foi tragado pela cidade eu digo que pelo nome, porque era lá que o padre morava antes e tinha um mercado que era montado nos fins de semana em torno da única praça com um quiosque de madeira, era lá que meu pai vendia a colheita, era lá que eu ia com ele. Em San Felipe não tinha escola, ninguém precisava de estudo lá ou nas cidades ao redor, isso sem falar em San Juan de los Lagos que era o menor lugarzinho da região, a gente contava as famílias e as casas num repente, mas entre San Juan de los Lagos e San Felipe tinha seis vendinhas onde também vendiam aguardente e amendoim torrado, e eu acompanhava meu pai pra comprar aguardente e ele me comprava amendoim torrado, e essa é uma boa lembrança que eu tenho dele.

 Tenho poucas lembranças do meu pai, mas as poucas lembranças que eu tenho são assim como o sol quando bate no monte, vejo meu pai aqui pedindo sua aguardente no garrafão que ele cuidava como se fosse sua terceira filha, que era aquele garrafão que ele levava de San Juan de los Lagos pra San Felipe e trazia de volta, ele cuidava dele, lavava com a água que a gente pegava, minha irmã Francisca, Paloma e eu, e ele guardava o garrafão num bom lugar escorrendo na sombra. Ele gostava de tomar café com açúcar de um bule de barro que soltava uns vapores suaves, assim como os cachorros mansos cuidam das terras e latem até pro trovão das chuvas, era com isso que o grande bule de café parecia, com os vapores escapando mansos pela única janela, e pouco a pouco se iam. Eu não me lembro das veladas que meu pai fazia, mas me lembro de umas coisas que ele tinha num altar, as velas de cera pura de abelha que não eram branqueadas nem coloridas como fazem em San Felipe pras festividades dos mortos e pras festas dos montes, como pintam as velas de rosa pra festa do monte que você vê ali, onde passa a neblina. Não lembro das veladas do meu pai, mas lembro que ele já estava doente quando minha irmã Francisca começou a andar, e lembro da sua cara de susto quando a gente se deu conta que a doença dele não tinha cura, e agora que estou lhe contando isso parece que vejo a cara de susto que meu pai Felisberto fez quando ele sentiu o ovo que a morte pôs nele.

Uns dias antes do meu pai morrer, eu acompanhei ele até a *milpa* que ele mesmo trabalhava com as mãos, porque não tinha nenhum boi, a gente não tinha dinheiro pros burros de carga, daquela vez eu ajudei meu pai a juntar o mato e as folhas secas que impediam a boa semeadura, meu pai formou um montinho de mato e folhas secas que ele me pediu pra ajudar a juntar e a gente foi aumentando até que ficou um monte grande e meu pai tacou fogo nele. O sol estava se pondo atrás do morro e a noite fazia destacar o fogo da grama e a fumaça que subia pro alto, lá a gente ficou olhando e cheirando o mato e as folhas secas queimando, e isso é o que mais lembro desse dia com meu pai Felisberto, quando sinto cheiro de grama e folhas queimando eu lembro dele naquele dia. Foram uns dias de muito, muito, muito calor, o vento soprava forte, forte, como se estivesse estreando e não soubesse controlar suas forças de besta recém-nascida, e as chamas do montinho de mato e folhas secas no descampado chegaram até a *milpa* do vizinho. Meu pai queimou o campo semeado do vizinho e foi aí que ele percebeu que a tosse que ele tinha não ia dar muito tempo de vida pra ele, e sua respiração começou a queimar até que a pneumonia apagou meu pai como só a chuva intensa apaga um fogo alto. A gente já tinha visto um boi morrer porque tinha comido a colheita de uma *milpa* alheia, no povoado isso era um mau agouro e eu vi a cara de espanto do meu pai quando ele queimou o campo do vizinho por causa dos ventos que pareciam estrear como uma besta recém-nascida que as línguas do fogo levaram pra longe até o campo do vizinho e aí, mesmo que ainda não estivesse tossindo sangue, ele me disse Feliciana me restam poucos dias e poucas noites. E então apareceram alguns pássaros pretos que foram pra longe das línguas de fogo, voaram como as pessoas assustadas que vão umas por aqui, outras por ali, foi assim que os pássaros pretos voaram ao mesmo tempo e se reuniram lá em cima fazendo umas formas que também não ficavam paradas, os pássaros pretos se apertavam no céu azul como se o calor do fogo comprimisse todos eles numa bola dura e então as línguas de fogo tornaram a dispersar esses pássaros em outras formas, do mesmo jeito que as nuvens mudam de forma quando o vento sopra forte, era assim que os pássaros mudavam de forma, e aquela bola preta de pássaros foi se tornando menor e mais cerrada como um punho que se fechava porque eles se afastavam do fogo e parecia que as línguas de fogo afastavam os pássaros da morte, mas não da sua, e sim da do meu pai, que era a morte que vinha vindo.

    Meu pai começou a tossir sangue naquela noite, ele disse pra minha mãe que tinha queimado o campo do vizinho porque ateou fogo no montinho de mato e folhas secas pra colheita, e minha mãe disse pra ele isso é um mau agouro Felisberto, mas no meu pai a morte já tinha posto seu ovo, ele já tinha a doença que estava esperando por ele no fim dos seus dias e das suas noites, os pássaros pretos mostraram o caminho pra ele e o levaram, e a queima do campo foi o fogo que iluminou o caminho dele até Deus. Antes que eu me tornasse a fumaça que saiu do fogo que foi meu pai quando era curandeiro, ele já sabia que nem os bruxos nem os curandeiros nem os sábios da medicina podiam curá-lo, então naqueles dias que lhe restavam meu pai andou pelos montes comigo e me mostrou onde nasciam os cogumelos e as ervas que ele pegava, e também meu vô, meu bisavô e Paloma, que desde menininho aprendia sobre as veladas, e meu pai me disse Feliciana aqui está O Livro, ele não era nosso mas é teu. O Livro vai te aparecer algum dia, ele me disse. Na época, não entendi o que meu pai estava me dizendo. Nem ele nem meu vô nem meu bisavô nem Paloma nem minha mãe nem minha irmã Francisca nem eu sabemos ler nem escrever.

6.

Antes que *Os Simpsons* começassem a ser transmitidos no México, meu pai fez uma viagem de trabalho ao Texas. Ele me trouxe uma camiseta do Bart Simpson e, para Leandra, uma da Lisa. Disse que assistira a alguns episódios e tinha certeza de que seria um desenho de muito sucesso. Vocês vão lembrar do que estou dizendo, falou, e não paramos de rir durante o primeiro episódio que vimos na cozinha de casa, numa televisão pequena que estava quase sempre ligada. Essa foi a única premonição que meu pai fez em toda a vida. O *Guia para a vida* de Bart Simpson foi o primeiro livro que li com prazer numa casa em que ninguém se interessava por livros. Eu achava que os livros eram chatos e foi graças a esse que abri outros. Naquela vez que nos deu as camisetas, ele dissera que Bart o fazia lembrar de mim, e Lisa de Leandra, mas, quando assistimos ao desenho na televisão, soubemos sem precisar dizer em voz alta que ele as dera para nós deliberadamente ao contrário.

Certo fim de semana, fomos com ele comprar algumas peças para o carro de um amigo seu, que ele ia desmontar e remontar.

Meu pai separava as peças, organizava-as, bagunçava e reorganizava, e assim vimos vários carros desmontados na garagem de casa, embora talvez o dele tenha sido o que vimos mais vezes ser desmontado e remontado. Naquele dia em que fomos com ele, nós o vimos sair do quarto com uma camiseta da Maggie Simpson; diferentemente das camisetas de algodão branco que havia trazido para Leandra e para mim, com as estampas no centro, a dele era mais discreta, tinha apenas um pequeno bordado no peito. Perguntamos por que ele não comprara uma do Homer, e ele nos disse que tinha lhe parecido um pouco idiota. Naquela tarde, no carro, de volta para casa depois de comprar as peças, ele mandou que minha irmã e eu procurássemos seus óculos — que ele estava usando —, e quando chegamos percebemos que ele tinha esquecido as chaves, de modo que minha mãe teve que voltar da casa de minha tia para abrir a porta para nós. Eu me lembro de que Leandra disse que aquele era nosso momento Simpson; quando entrei na faculdade, aos dezoito anos, ele me deu o Valiant 78 que comprou na carcaça, desmontou, remontou e reformou, e colocou um ímã com o rosto da Maggie Simpson no painel. Mas é claro, ele me disse quando apontei o ímã, *Os Simpsons* são nosso escudo de armas.

Os Simpsons sempre me fazem rir. Foram nossa educação sentimental, nosso programa favorito, e o livro de Bart Simpson me aproximou de algo que eu tinha posto num péssimo lugar. Leandra e eu várias vezes comparamos situações que vivemos com algum momento dos *Simpsons*. Muitas de nossas referências saíram desse desenho. Quatro anos depois que meu pai morreu, vi com Rogelio um filme dos *Simpsons* que passou na televisão, uma das poucas coisas de casal que fizemos nos meses em que estivemos juntos, e embora o filme me parecesse ruim comparado com os episódios do desenho, as aparições de Maggie Simpson me enterneceram, e eu me lembro daquele dia sobretudo por causa do carinho que senti pelo ímã que havia no painel do carro. Naquele dia, senti muita saudade de meu pai. Pareceu-me que o ímã que ele tinha me deixado no painel era uma mensagem criptografada, que eu levaria muito tempo para decifrar, talvez até conhecer Feliciana.

Meu pai morreu num sábado às duas e treze da tarde, aos quarenta e cinco anos, depois de uma parada cardíaca. Na verdade, morreu de uma segunda parada cardíaca fulminante que sofreu já no hospital, para onde conseguimos levá-lo após a primeira. Minha mãe ficou viúva aos quarenta e três anos, com uma filha de dezesseis que cursava o supletivo, outra de dezenove que tinha acabado de entrar na faculdade de jornalismo, e um emprego administrativo na universidade para cobrir as despesas que antes eram divididas entre os dois. Leandra começou a trabalhar como auxiliar de dentista e eu já trabalhava como assistente de editor numa redação, em grande parte incentivada por minha mãe quando eu estava no ensino médio.

Meu pai não era um homem de palavras, gostava de dizer que era um homem de ações. Quando falávamos por telefone, nossas conversas eram breves, funcionais. Enquanto com minha mãe eu podia passar uma, duas horas falando sobre nada, com meu pai eram quase sempre ligações curtas e práticas. Não me lembro de falar mais de dez minutos com ele pelo telefone. Ele ocultava seus sentimentos, não costumava sorrir, não chorava; em vez disso, piscava rapidamente, e nas poucas vezes que o vi vulnerável, ele contornava a situação e acabava se mostrando irritado. Quando isso acontecia, ele não pensava, mas explodia de raiva. Tirava conclusões absurdas que o levavam a dizer coisas disparatadas das quais às vezes Leandra e eu tínhamos pavor, mas na maioria das vezes eram tão loucas que comentávamos, aos risos, cada uma em sua cama no quarto que dividíamos, como meu pai tinha ficado fora de controle, mas nunca nos atrevemos a rir na frente dele quando se irritava. Perdia o controle e explodia. Era difícil para ele dizer que nos amava, e geralmente tinha de acompanhar a declaração com algum presente, um bilhete que nos deixava, como procurando uma desculpa para poder dizer outra coisa. No entanto, todos nós somos capazes de nos comunicar sem palavras, e nunca senti necessidade de falar mais com ele. Mas entendi o que ele carregava nas costas só bem pouco tempo atrás.

Minha mãe é o oposto. Fala sem parar e para ela é fácil manter longas conversas com alguém na rua, na fila de uma cafeteria ou onde quer que seja. Esse seu comportamento chegou ao ápice certa vez em que uma mulher se enganou de número, ligou para casa e elas ficaram mais de uma hora no telefone. Quando desligou, minha mãe nos disse: "Ah, era a Raquel, uma mulher que discou errado, a gente se deu muito bem". Soubemos que aquele tinha sido o auge de sua facilidade para falar com quem quer que fosse, e esse "era a Raquel" se converteu num símbolo desse tipo de situação, uma brincadeira que nós e meu pai fizemos várias vezes com ela. Mas naquela noite, quando minha mãe passou mais de uma hora no telefone contando a vida inteira para alguém que havia discado o número errado, meu pai me disse que aquilo já era uma aula de jornalismo.

Meu pai e meu tio, os dois únicos filhos que meus avós paternos tiveram, brigaram e pararam de se falar. Eu nunca soube muito bem o motivo, mas um dia nos levaram, Leandra e eu, a um McDonald's para conhecer minhas primas. Lembro-me de notar, desconcertada, que eu tinha uma semelhança física com aquelas três meninas em escadinha, em idades próximas das nossas. E me lembro de passar muito tempo olhando com espanto como elas se mexiam, como falavam, como riam, como se eu tivesse chegado a um rebanho do qual fazia parte e mal conhecia. Leandra falava com elas como se tivessem se visto a vida toda. Conhecemos nossas primas quando meu pai voltou a falar com meu tio, embora nem seja preciso dizer que eles se comunicavam com poucas palavras. Esse era seu estilo sóbrio.

Minha mãe vem de uma família de seis irmãos e, embora se dê melhor com a irmã mais nova, que na verdade é sua melhor amiga, não consigo imaginá-la parando de falar com ninguém como forma de punição, mas, como acontece com as características predominantes de personalidade, seu jeito expansivo é uma faca de dois gumes, da mesma forma que esse jeito de meu pai de ser mais quieto tinha o outro lado da moeda, que o tornava uma pessoa mais confiável, leal. E talvez seja essa a característica predominante da personalidade de Manuel. A força social de minha mãe às vezes também era sua fraqueza em casa, e tenho certeza de que contribuiu muito para a crise pela qual eles passaram quando éramos crianças e que os levou a se separarem por um tempo.

Certo dia, minha mãe tinha que ir para o trabalho, na administração da universidade, mas antes precisava nos deixar na escola porque o ônibus não havia passado para nos pegar. Estava com pressa, havia trânsito, Leandra tinha acordado tarde e vociferava xingando a escola. Num semáforo, minha mãe decidiu começar a conversar com um homem no carro ao lado, janela a janela, e aquele homem lhe disse que trabalhava perto de nossa escola, que poderia nos deixar lá sem problema algum, assim ela poderia seguir para o trabalho, na direção contrária. Minha mãe abriu a porta traseira do carro do estranho para nós. Meu pai ficou furioso quando eu contei. Agora que penso nisso, acho que eu não seria capaz de deixar Félix nas mãos de um desconhecido. A sorte quis que aquele homem nos perguntasse o que estávamos estudando sem nos estuprar ou esquartejar. Leandra citou de memória algo que havia lido; o homem ficou impressionado e demonstrou interesse em saber qual a sua matéria preferida.

Minha irmã odiava a escola, mas naquela vez ela inventou que adorava biologia e mencionou uma série de dados que fariam qualquer um pensar que ela adorava estudar. Ao chegar ao portão, o homem desceu do carro e, de braços cruzados, talvez contente por ter aprendido alguma coisa no discurso de minha irmã, esperou até que nós duas entrássemos na escola.

Essa foi a gota d'água. Meus pais se separaram por um tempo. Meu pai alugou um pequeno apartamento perto de seu trabalho, onde havia eco, poucos móveis e umas persianas azul-marinho que eu achava desoladoras quando escurecia porque projetavam linhas num espaço meio vazio. Nas noites de domingo, quando meu pai acendia a luz que vinha de um abajur de papel branco em formato de globo — com uma estrutura de aros metálicos que também se projetavam no chão como as persianas —, aquilo me parecia um teatro de sombras e o sinal de que era hora de ir para casa. Embora eu gostasse de passar um tempo com meu pai, alguma coisa não se encaixava, e acho que o teatro de sombras no domingo à noite é a lembrança em que depositei minha angústia. Os dois decidiram nos mandar para a casa de meus avós maternos. Além de nós duas, morava com eles minha tia, a caçula dos irmãos. Naquela época, o lado tagarela de minha mãe chegou a um nível ao qual Leandra e eu teríamos preferido que não chegasse.

Quando ela ia nos visitar depois do trabalho, ou às vezes por telefone, nos contava em detalhes as discussões com meu pai. Não entendíamos bem o que estava acontecendo entre eles. Os dois mal tinham passado dos trinta, mas estava claro que algo havia se deteriorado em seu relacionamento e ambos estavam em frangalhos. Leandra e eu, de nossa parte, também ativamos alguns traços que já tínhamos: eu me tornei mais introvertida e Leandra, mais rebelde. Agora sei que ficamos pouco mais de um ano na casa de meus avós, mas esse tempo passou como uma série de anos, um tão eterno quanto o outro.

 Lembro-me de uma vez que minha mãe ficou ali para dormir no quarto que pertencera a ela e à sua irmã, com os mesmos móveis de quando eram meninas, e se deitou comigo naquela que tinha sido sua cama. Acordei sem perceber que ela havia chegado e a vi com um roupão translúcido procurando um maço de cigarros na bolsa. Então eu não sabia se íamos voltar para casa ou não, se eles iam reatar ou não, tudo era incerto, somado a uma crise econômica que afundou o país e a moeda. Na época, Leandra começou a ir mal na escola, não gostava de tomar banho, lembro que minha tia ralhava por causa disso, mas acabava negociando com ela. Leandra começou a comer compulsivamente. Certa tarde, ela mesma cortou o cabelo, e ainda que minha avó a tenha levado a um salão de beleza para consertar o corte ruim, ficou muito curto e seu rosto estava redondo como uma bolacha. Lembro-me de pensar que, se só uma das duas podia dar problema, o posto já tinha sido ocupado por ela. Nas discussões, minha irmã respondia aos meus avós, e destratava minha tia quando lhe dava na telha. Sem pensar, comecei a me esforçar para estudar mais, para aumentar minhas notas, como uma compensação para os problemas em que estávamos metidos e à atitude de minha irmã que deixava toda a casa tensa. Mergulhei de cabeça na escola, mas não era o desejo de aprender ou me destacar, e sim de passar despercebida no conflito. Naquela manhã de sábado, minha mãe me disse que na tarde anterior tinham lhe telefonado da escola para dizer que queriam ver os dois porque eu terminava em poucas horas o trabalho previsto para o dia inteiro, e que eu tinha a média mais alta da classe e blá-blá-blá. E o que você disse a eles?, perguntei a minha mãe com seu roupão translúcido: "Que eu não esperava menos de você". Por muito tempo essa frase de minha mãe não me saiu da cabeça. Eu não entendia por que, no meio daquela crise, ela não esperava menos de mim. O que ela queria dizer com isso? E o que ela esperava de mim? Acho que entendi só anos depois, quando comecei a estudar jornalismo.

Pulei um ano letivo e fui transferida para uma série com crianças mais velhas. Conseguia fazer a lição de casa e lia um ou dois livros por semana. Às vezes, quando Leandra me via com um livro, formava óculos com as mãos, como se dissesse: que chatice. Na casa de meus avós havia uma coleção de *National Geographic*, *Reader's Digest* e uma biblioteca juvenil que meu avô tinha comprado para os filhos nos anos 1970. Fui lendo aos poucos toda noite. Leandra folheava os exemplares velhos da *National Geographic* no banheiro, ia na direção contrária de tudo que tivesse a ver com leitura, e achava que a escola era desnecessária.

Certo dia, eles nos pegaram de volta da casa de meus avós, e nunca ficamos sabendo se meu pai teve ou não alguma namorada, se minha mãe teve ou não alguém, se quase chegaram a se divorciar, mas lá estávamos nós quatro no carro, voltando para casa. Fizemos uma parada numa farmácia. Foi uma parada inverossímil, como se nada tivesse acontecido. Eles nos perguntaram se queríamos beber alguma coisa. Desceram juntos. Nós os vimos de mãos dadas e assim soubemos que eles haviam reatado; ainda me lembro de Leandra dizendo: Você está entendendo alguma coisa, mana?

A tagarelice de minha mãe tem um lado agradável, que torna possível que ela converse com qualquer pessoa e que praticamente qualquer pessoa troque confidências com ela. Por outro lado, algumas vezes fez com que eu me sentisse desprotegida, como se ela fosse divulgar qualquer coisa que estivesse acontecendo comigo ou que eu lhe contara em segredo. Como o dia em que menstruei pela primeira vez, certo sábado em que a acompanhara até seu escritório na universidade. Naquela tarde, eu tinha certeza de que à menor provocação ela contaria o que acabara de acontecer comigo, que eu vivia como um drama. Além de estar com os hormônios à flor da pele na época, havia encontrado uma enorme mancha marrom em minha calcinha branca. Eu tinha entendido que a menstruação era um sangue vermelho. Pensei que alguma coisa dera errado comigo. Estava assustada e por isso lhe contei. Sentia muita vergonha, de qualquer jeito. Lembro que uma colega de trabalho disse em voz alta: "A mancha marrom aconteceu comigo também". Fiquei furiosa.

Meu pai sempre foi discreto e demonstrava apoio presencialmente. Se eu lhe contasse algo, sabia que estava bem guardado. Eu tinha comprovado isso algumas vezes em que lhe pedi que fosse discreto, que não dissesse algo para minha mãe e, como ela não mencionava nada, eu sabia que meu pai havia sido meu cúmplice. Sua mãe não consegue guardar nenhum segredo, meu pai me dizia.

Nesse sentido, minha mãe é aberta, frontal. Suas mensagens de voz no telefone costumam dizer em detalhes tudo o que se passa ao redor. Se ela pede um Uber, por exemplo, diz em voz alta para quem estiver a seu lado o nome do motorista, a placa do carro, o tempo que falta para chegar. Não guarda nada para si. Meu pai talvez fosse uma pedra, uma pedra na qual Leandra e eu podíamos nos apoiar. Meu pai gostava de tirar fotos, tinha uma câmera analógica e guardava uma série de fotografias que tirava, sobretudo de paisagens, flores, árvores, edifícios e monumentos. Ele tirava poucos retratos, como se os rostos, as pessoas fossem uma relação direta com a boca, a fala, o explícito. Suas fotos tinham um pouco de sua própria personalidade. Quando ele me deu o Valiant 78, foi sua maneira de dizer que me apoiava em minha decisão de estudar jornalismo, porque aquilo, restaurar carros, era algo que ele gostava de fazer. As demonstrações de carinho de meu pai eram como resolver uma equação. E todas as coisas dele, os carros e as fotos, eram igualmente silenciosas. Se meu pai estava feliz, ele não pedia para três, quatro pessoas que se abraçassem para tirar uma foto juntas, ele tirava uma foto de uma fruteira, de uma árvore, de algum canto, seu olhar costumava se dirigir ao que fosse menos anedótico, e ao me dar aquele carro ele também me deu algo pouco ou nada anedótico, simplesmente era algo que ele gostava de fazer: montar, desmontar para remontar. Então, aquele carro foi uma forma indireta de me apoiar. Ele não disse isso com palavras. Ele sabia que eu sabia. Mas foi apenas quando fiz as três veladas com Feliciana que entendi de onde se originara aquela cumplicidade com meu pai. E, mais importante, que eu tinha uma dívida com ele.

7.

Minha mãe eu acho que ficou viúva antes dos vinte anos, como tinha duas filhas e meu vô Cosme e minha vó Paz eram pobres, ela quis juntar todos nós pra que a gente vivesse melhor, então fomos de San Juan de los Lagos pra San Felipe, onde eles moravam. Ela disse pra gente que todos nós juntos íamos colher mais. Meu vô Cosme não era um velho, era um homem com a mesma força que minha vó Paz, eles cuidavam da *milpa* e da semeadura e quando a gente chegou eles começaram a plantar café, abóboras e chuchu, além do milho e do feijão que já plantavam pra vender no mercado. Eu ia vender a colheita no mercado com minha irmã Francisca, às vezes eu ia perto da igreja com meu vô Cosme que era muito respeitado porque tratava bem quem estivesse na frente dele, além de olhar pros olhos das pessoas, eu digo que é por isso que elas respeitavam ele. Além de trabalhar na *milpa*, meu vô Cosme e minha vó Paz trabalhavam nas *milpas* do padre, que um proprietário de terras tinha oferecido como caridade, o padre da igreja tinha suas próprias colheitas que destinava pra caridade, mas sempre foi um bom comprador da nossa e o que a gente levava ele comprava, pro refeitório do povo da igreja.

Sim, minha irmã Francisca e eu levantávamos antes que o sol saísse de trás do monte, a gente ajudava na colheita e na cozinha, tomava café e comia feijão e tortilhas e chiles também. Nessa época, meu vô Cosme deu pra criar bichos-da-seda dentro da casa onde morávamos nós cinco, alguém no mercado falou sobre os bichos e ele comprou alguns por uns trocados. Chegou em casa com uns ovos de larva e uns três ou quatro bichos já crescidos, do tamanho de um dedo. A gente dormia no chão nas esteiras, de roupa posta, e ainda não conhecia a seda, mas o padre tinha batinas, seus panos roxos e vermelhos que punha sobre os ombros, meu vô Cosme me levou pra ver os panos do padre, e mais outras roupas pra celebrar as missas que eram feitas de seda e outras que eram bordadas com fios de seda. E meu vô Cosme se interessou em fazer seda pra vender pro padre e pros proprietários de terras e pras gentes que gostavam dos luxos que o dinheiro traz, e me pôs pra fazer seda em casa.

Os bichos-da-seda levam quatro estações pra ser formados, as borboletas punham seus ovos nas esteiras e minha irmã Francisca e eu cuidávamos desses ovos até que as larvas nasciam, depois de duas estações. Quando os bichos saíam dos ovos, a gente dava pra eles folhas de amora que eles comiam fazendo um barulho que parecia quando se pisa de *huaraches* numa folharada. É assim que os bichos mastigam, a gente pensa de onde vem essa barulheira dessas coisas tão pequeninas como dedos de criança mas que parece um monte de soldados pisando a folharada, e lá estavam os malditos dedos de criança mastigando e mastigando com sua barulheira, e quando os bichos ficavam de bom tamanho a gente separava eles dos menorzinhos pra uns não comerem os outros, porque é assim que todos nós somos, até os bichos são como as pessoas dos vilarejos, se alguém deixa um facão com três homens eles conseguem se matar entre eles sem que ninguém saiba como fizeram pra terminar mortos todos os três com um facão, assim iguaizinhos são os vermes e as gentes, se alguém deixa eles sozinhos, eles se matam entre si sem que ninguém saiba como morreu aquele que matou os outros dois, as gentes e os vermes gostam de se esfaquear. Os bichos que são maiores, gordos como os dedos gordos dos homens bem alimentados, começam a babar e é então que precisa ajeitar eles numas varas secas pra que ali eles comecem a escorrer a seda. De noite, meu vô Cosme e eu limpávamos a seda que os bichos iam deixando, então começávamos a beber o café que a gente colhia e a vender a seda que a gente fazia, não só pro padre do vilarejo, mas pra uma família rica que era muito próxima do padre. A gente fazia os fios, minha vó pintava os fios lá nas bacias de anil, cochonilha e casca de árvore e flores do monte, a gente também vendia o fio natural, e a seda que a gente fazia ficou famosa e começamos a vender pra umas famílias, todas elas famílias da fé. Não lembro naquela época o que era da Paloma que ainda era Gaspar, mas lá estava ela como sempre ficam as matas, no fundo. Se eu lhe digo que então vi Paloma no mercado, que a gente se encontrou quando fui lá com meu vô Cosme, lhe digo que não me lembro desse encontro, mas lá ela ainda estava vestida de menino, e meu vô Cosme me dizia assim: o menino anda como se estivesse soltando as penas. Foi ele quem chamou Paloma de Pássaro pela primeira vez, Paloma que ainda era Gaspar, e as pessoas que não gostam de *muxes* continuaram chamando ela assim, Pássaro.

 A gente se vestia com algodão, minha vó Paz era quem fazia todas as nossas roupas pro calor, e de lã pro frio. Minha mãe bordava as roupas com muitos fios. Conforme a gente foi crescendo, minha irmã Francisca e eu tínhamos mais trabalho, mas nossas roupas não mudavam, a gente reformava essas roupas, mas elas não mudavam. Na vila, as crianças se vestem como os adultos porque trabalham desde que se põem em duas pernas como os bezerros nascem de pé, porque as crianças também nascem de pé pra trabalhar a terra. Eu vejo as crianças que me trazem aqui, muitas são trazidas pelo povo do estrangeiro, e vejo que as gentes distraem essas crianças com brinquedos e aparelhos.

Com a seda que a gente vendia pros fazendeiros que não moravam em San Felipe mas viviam nos arredores, meu vô Cosme e eu compramos uns cordeiros e umas galinhas e ele mandava minha irmã Francisca e eu tomar conta dos animais no monte que fica entre San Juan de los Lagos e San Felipe, naquele monte, no monte onde eu fui andar com meu pai antes dele morrer, antes que o incêndio anunciasse que sua respiração estava apertada como os pássaros pretos que se fechavam como um punho pra lhe dizer tu não tens mais dias nem noites, aquele punho de pássaros pretos que se fechava e depois se dispersava no céu azul que dizia pro meu pai Felisberto, tua respiração vai apertar tua vida, aquele monte, é aquele monte, aquele que dá pra ver ali, sim, é pra esse monte que vão fazer as celebrações no próximo domingo, é por isso que tenho aqui comigo as velas cor-de-rosa pras suas festividades. Aquele monte entre San Juan de los Lagos e San Felipe pra mim é meu pai, nesse monte tem os cogumelos que me ensinaram A Linguagem e me ensinaram que eu posso olhar A Linguagem nas águas profundas porque Deus quis assim. Nesse monte meu vô Cosme, além de cuidar dos animais, mandava a gente ir pegar as varas pra colocar os bichos-da-seda que tinham que ser assim redondinhos e finos e também mandava a gente pegar galhos secos pro fogo da comida que minha vó Paz preparava. Minha irmã Francisca e eu cuidamos dos primeiros cordeiros que a gente comprou com o dinheiro que fizemos da seda até que conseguimos vender esses e compramos outros, e assim a gente foi conseguindo dinheiro pra mais e mais cordeiros.

Tudo isso a gente fazia quando era pequena, minha irmã Francisca e eu, a gente não brincava como as crianças de hoje, como você já me disse que fazia com sua irmã Leandra, mas um dia eu fiz uma boneca de trapo com os retalhos deixados pela minha vó Paz das suas costuras de algodão e lã, e minha irmã Francisca fez pra ela um xale com as sobras da seda que minha vó Paz tingia pra vender pros proprietários de terras, nós demos o nome de María pra boneca de trapo e a gente brincava com ela. Uma tarde a gente estava falando dela como se fosse uma parenta nossa, uma amiga minha e da Francisca, uma menina como nós duas, e meu vô viu que a gente estava falando de uma boneca de trapo, María, e ele deu uma bronca na gente, disse que na nossa família a gente não tinha tempo pra brincar e rasgou o xale que minha irmã Francisca tinha feito pra boneca com as sobras de seda, ele disse aqui em casa todo mundo trabalha, meu vô Cosme disse Feliciana, Francisca, os idiotas e os vagabundos são como os mortos, só trazem sofrimento, e os bastardos nem se dão conta, então vocês já pro trabalho, nada dessa boneca Tola pra cá, Tola pra lá, embora a gente chamasse ela de María, não de Tola, e meu vô memorizava os nomes de todas as pessoas, olhava pra elas nos olhos e por isso as pessoas o respeitavam; estivesse ele onde estivesse, sabia do que elas tinham falado da última vez que as viu, e ele falava isso pro povo quando ia até o mercado, por isso é que era respeitado pelo povo, essa foi a única vez que eu vi que ele mudou um nome pra machucar a gente, porque machucar é algo que a memória ruim faz.

No vilarejo, as crianças podem fazer o que quiserem antes de andar, mas depois de se levantar nas pernas como os bezerros elas têm que trabalhar. Lembro que minha irmã Francisca e eu brincávamos de pôr palha no lombo de um cachorro, no cachorro que estivesse por ali perto da semeadura a gente punha uma bola de palha no lombo, no cachorro que a gente encontrasse punha uma bola de palha se andasse ali por perto, o cachorro passeava, ia pra todo lado com a bola de palha nas costas até que ela caía por ali ou os ventos sopravam a palha das suas costas, a gente costumava brincar pra ver até onde o cachorro ia com a palha emaranhada no lombo, e a gente tinha ataque de riso, mas meu vô Cosme não gostava que minha irmã Francisca e eu brincássemos. Meu vô Cosme disse Feliciana, Francisca, tratamos vocês duas como todo mundo, aqui todos nós trabalhamos pra comer e se tem uma coisa que eu posso ensinar pra vocês é valorizar o trabalho. E pegou a boneca de trapo que a gente chamava de María e ele de Tola, que era como chamavam uma mulher que ele não engolia, e jogou o xale de seda que minha irmã Francisca tinha feito no fogo da cozinha, que fez uma chama de um verde que me alcançou as entranhas porque vi o rosto da minha irmã Francisca, mas ele guardou a boneca que a gente chamava de María e ele de Tola, e depois me disse Feliciana foi tu que fizeste esta boneca. Meu vô Cosme guardou a boneca por muito tempo, ele não jogou fora, depois eu soube por quê.

Ele pegou a boneca um tempo depois. Um dia minha vó Paz adoeceu, foi nessa época que eu voltei a ver Paloma, que ainda era o menino Gaspar. Na família do meu pai Felisberto todos os homens foram curandeiros, então minha mãe foi lá em busca do primo mais novo do meu pai, Gaspar, que era muito menino, mal tinha deixado de ser um potro, ele era o único que restava da família de homens curandeiros que vinham procurar, daqui e das vilas vizinhas. Na época, Gaspar estava se iniciando na Linguagem. Depois de *muxe*, Gaspar já era Paloma, mas nessa época ele era um curandeiro e as pessoas vinham vê-lo porque os homens da família tinham boa reputação. Meu vô ensinou tudo pro Gaspar, ajudado pelo meu pai Felisberto, e ele era julgado com dureza pelo meu vô Cosme, que chamava ele de Pássaro quando era menino porque dizia que Gaspar parecia estar soltando as penas quando andava. Era assim que meu vô Cosme chamava as *muxes* que não se vestiam como *muxes*, os homens que farreavam com outros homens ele dizia que andavam como se estivessem soltando as penas. E teve gente que continuou chamando ela de Pássaro, embora ela dissesse é Paloma, meu amor, porque sou eu que gosto dos passarinhos. Uma vez perguntei pro meu vô por que ele chamava Gaspar de Pássaro e ele me disse Feliciana tem uns homens que gostam de se juntar com outros homens na praça, o Pássaro, embora ainda seja menino, gosta dos garotos como ele. Me disse que as *muxes* eram tão secas quanto as terras que havia atrás dos montes em que não crescia nem mato mesmo se caíssem dilúvios nos terrenos recém-queimados e semeados porque a terra estava amaldiçoada e era por isso que as *muxes* não tinham filhos. É melhor, dizia meu vô Cosme quando falava de *muxes*, pra que íamos querer gente assim? Já tempos depois, nas minhas veladas, vi que tinha também mulheres que farreavam com mulheres, também uma *muxe* com corpo de mulher veio me ver, e eu vi que os pássaros, como meu vô Cosme os chamava, se apaixonavam como qualquer um se apaixona, que tinham suas querenças como as querenças de qualquer um, mas meu vô Cosme não era curandeiro, ele cresceu assim e acreditava que as *muxes* eram farinha de outro saco. Nas minhas veladas, vi que as pessoas amam, se apaixonam, têm suas querenças e sofrem não importa se são homens ou mulheres, e isso é uma coisa que A Linguagem deixa ver nas veladas, todos somos iguais nos afetos, todos somos iguais nas noites, assim como dizem na missa somos todos iguais sob o sol, também somos todos iguais sob A Linguagem, ela torna todo mundo igual.

    Diziam que Gaspar gostava de meninos por causa de um mau-olhado que jogaram em cima da mãe dele quando ela estava grávida, diziam que a maldição da mãe dele tinha sido trazer ao mundo um menino que gostava de homens com grandes olhos negros como os dele, que ele gostava de olhos negros como as noites e gostava de passar as noites com os homens, Gaspar era filho único e diziam que Deus tinha castigado a mãe dele por ter apenas um filho e não muitos filhos como sua irmã.

 A primeira vez que vi Gaspar de menino, ele tinha um rosto lindo, sempre foi assim com pele macia de menino, naquela primeira velada que vi me dei conta que ele não tinha pelo embaixo dos braços nem nas pernas, não tinha pelo em lugar nenhum, tinha a pele macia e também a voz era suave, e ele tinha uma cicatriz na sobrancelha esquerda, como se tivesse levado um tombo feio. A lua ainda não tinha vindo pra mim quando minha mãe trouxe Gaspar pra casa com alguma coisa nas mãos embrulhada em folhas de bananeira que ele cuidava do mesmo jeito que outras pessoas cuidam das moedas. A lua veio pra mim uns dias depois, lembro que pensei que assistir à velada foi o que me pôs do lado das mulheres e deixou minha irmã Francisca pra trás.

 Gaspar trouxe coisas pra curar minha vó Paz que estava com os olhos fundos, olheiras bem escuras e a pele branca como cal. Quando ia abrir a coisa embrulhada nas folhas de bananeira, vi que dentro tinha outra coisa embrulhada num pano de algodão que eu não conseguia ver o que era e Gaspar viu que eu estava olhando pra ele e me deu uma bronca, estava irritado, mas mesmo irritado ele falava suave assim como uma pedra de rio é suave ao toque de tanto que a água do rio passa, e ele me disse que se eu olhasse o que tinha lá dentro, ele não ia conseguir curar minha vó Paz, então me afastei, mas eu era curiosa e de longe olhava pra eles com os olhos quase fechados, pro caso de que se alguém se aproximasse, pensasse que eu já estava dormindo e se eles estivessem longe iam pensar que eu já tinha dormido, e assim consegui olhar um pouco do que Gaspar fez em casa com aquilo embrulhado em folhas de bananeira e panos de algodão, acendeu umas velas de cera pura de abelha e deu o que estava no embrulho de folhas de bananeira pra minha vó Paz, que estava muito doente. Gaspar descobriu o torso, tinha um corpo muito bonito, com movimentos delicados que eu não tinha visto até então porque nem na minha casa nem no vilarejo eu tinha visto alguém que se movimentasse assim, nem minha vó Paz nem minha mãe se movimentavam assim, elas trabalhavam a terra, os tecidos, a comida e não tocavam daquele jeito nos corpos saudáveis ou doentes, com aquilo que parecia ser calor ou suavidade ou carinho ou tudo junto e assim Gaspar acariciava as folhas de bananeira, acariciava os panos de algodão e depois arrumou o que mais tarde descobri que eram pares de cogumelos e começou a cantar. Ele tinha uma voz de menino, mas ficava mais suave quando ele cantava, ou já tinha se suavizado, e com seu rosto que era lindo fazia parecer que ele estava entregando algo bem cuidado, assim como se cuida das primeiras flores na primavera, assim Gaspar cuidava das suas palavras da Linguagem. Eu não entendia nada do que Gaspar estava dizendo, mas o que ele falava tinha uma melodia, a voz dele era um lugar em que uma pessoa gosta de estar, como quando o sol bate à tarde e a gente senta num canto pra fazer alguma coisa onde está fresco. Muito tempo depois entendi que o que Gaspar tinha feito era uma velada, o que ele tirou do embrulho de folhas de bananeira eram os cogumelos que ele pegou pra curar minha vó Paz, aqueles cogumelos eu já tinha visto com meu pai Felisberto, ele nunca me disse pra que serviam, ele só me mostrou os tipos de cogumelos e como escolhia um ou outro e meu pai Felisberto me disse aí está O Livro e ele é teu Feliciana, e eu não sabia o que ele queria dizer com isso. Eu já tinha visto aqueles cogumelos nos montes entre San Juan de los Lagos e San Felipe onde eu ia pra cuidar dos cordeiros com minha irmã Francisca.

    Naquela noite da velada pra curar minha vó Paz, fechei os olhos, fingi que dormia e queria entender o que Gaspar cantava, entendi algumas palavras, falava das estrelas, falava com sua voz suave das nuvens, da força do ar, do redemoinho, de dois redemoinhos que se tornavam um redemoinho grande e forte, dos ventos que se amansavam, das estrelas brancas na noite negra, dizia pra minha vó Paz tu és a estrela branca da noite negra, dizia eu sou homem, eu sou mulher, eu sou santo e santa, eu sou a estrela branca da noite negra que aqui vem iluminar tua escuridão. Foi a primeira vez que viajei, saí da casa onde a gente morava com aquela voz dele, tão linda, sua voz era linda, com sua voz ele tornava A Linguagem linda. Essa foi a primeira vez que eu fui livre, nos cantos do Gaspar menino eu fui livre, daquela vez pude fazer o que eu queria porque sua bela voz fez isso. Quanto mais eu ouvia sua voz, mais me dava vontade de me abrigar nela, no seu jeito de usar A Linguagem, que dá abrigo, minha irmã Francisca estava mergulhada nos sonhos, mas eu não queria perder o que estava acontecendo no final do seu canto. Lá pela madrugada, antes que o sol saísse de trás do monte, Gaspar esfregou algo que parecia terra e um pó branco que tirou de uma tripa de um animal que estava pendurada no ombro dele, pôs isso no peito da minha vó e também ungiu o peito da minha mãe e do meu vô Cosme, embora eles não tivessem comido os cogumelos, e ele mesmo passou aquilo no seu torso. Quando o sol começou a nascer, minha vó Paz se levantou e já não parecia fraca. Gaspar encorajou minha vó. Já se sabe que os doentes quando estão graves parece que um sopro pode enviar eles pro outro mundo ou que com os ventos fortes chega a morte e põe seu ovo neles com facilidade. Esse foi o primeiro sopro, voltou minha vó Paz, ganhou forças naquela noite com as coisas que

Gaspar deu pra ela e passou nela, minha vó Paz não conseguia se levantar fazia dias até que Gaspar veio e acariciou ela suavemente com sua voz e A Linguagem, disse pra ela que tinha terminado sua velada e que agora ela ia começar a se sentir melhor. E foi isso que aconteceu.

Alguns dias depois que eu fiquei mocinha, depois da velada em que veio minha lua, quando eu cuidava dos cordeiros no monte com minha irmã Francisca, a gente ficou um tempão embaixo de uma árvore e eu vi muitos cogumelos por perto, iguais aos que meu pai Felisberto me mostrou antes de morrer. Meu vô Cosme e minha vó Paz falavam dos cogumelos com grande respeito, mesmo que nenhum dos antepassados deles tivesse sido curandeiro. Minha mãe falava com respeito daqueles que tinham sido curandeiros na família do meu pai, ela tinha conhecido todos eles, ela sabia das coisas que eles tinham feito, sabia que eram muito queridos pelo povo. Minha vó Paz tinha se recuperado da doença depois da velada com Gaspar e eu soube então que os cogumelos eram bons e pensei que talvez pudesse experimentar eles. Foi aí que eu fiquei sabendo que meu vô Cosme tinha guardado aquela boneca María que eu fiz e que meu vô Cosme chamava de Tola, porque entre as coisas que arrumou pra minha vó Paz, Gaspar viu meu vô Cosme com a boneca que eu chamei de María e lhe disse essa menina é do Livro. E eu não entendi o que ele estava dizendo.

Eu tinha uns dez ou treze anos, alguns dias depois que me chegou a lua, quando experimentei pela primeira vez um cogumelo com minha irmã Francisca que ainda foi menina por mais algum tempo, mas não muito mais. A gente experimentou embaixo da sombra das árvores, uma tarde que estávamos cuidando dos cordeiros e das cabras. Eu me lembro bem que daquela vez os cogumelos tiraram nossa fome e alegraram nossa tarde. Algumas vezes, quando minha irmã Francisca e eu sentíamos fome e a comida na casa onde nós cinco morávamos não satisfazia todo mundo, a gente ia pro monte com os cordeiros e as cabras de que tomávamos conta e lá a gente dividia um cogumelo, que amansava nossa fome.

    Uma vez meu vô Cosme chegou à árvore das sombras onde minha irmã Francisca e eu sentávamos pra cuidar dos cordeiros e das cabras e encontrou a gente se matando de rir, a gente não parava de rir, era uma festa, e como meu vô Cosme não gostava de risadas, dizia aproveitem quando eu sorrio porque só sorrio quando a neve cai na aldeia, e em San Felipe o que mais caía eram pesares ou granizo, e quando a gente estava lá se matando de rir achamos que ele ia ficar bravo, que ia ficar furioso, mas a gente dava risada e nada podia nos deter, como quando a gente solta um pacote e nada consegue impedir que caia, e se ele desse bronca na gente íamos dar mais risada porque nada podia parar aquilo que ia caindo como um pacote, e eu pensei que meu vô Cosme ia ficar sério e me acalmava que ele ficasse tão sério e acho que ele começou a rir das risadas que minha irmã Francisca e eu dávamos, e também percebeu que minha irmã Francisca e eu tínhamos comido um cogumelo e não deu bronca na gente, mas nos carregou até em casa e não disse nada pra minha mãe nem pra minha vó Paz.

    Nas chuvas que caíram em seguida eu voltei com minha irmã Francisca pro monte entre San Juan de los Lagos e San Felipe e a gente comeu cogumelos de novo, um ela e outro eu. Minha irmã Francisca já tinha ficado mocinha naquelas chuvas e eu me lembro que ela me disse Feliciana minha lua já veio e dessa vez foi a primeira vez que tive uma visão que me lembro muito bem, essa foi minha primeira visão, as folhas e os galhos de árvores se moviam com ventos fortes e entre as folhas e galhos das árvores que se moviam eu via meu pai Felisberto com quem eu convivi até a época em que aprendi a falar. Eu sentia seu amor, ali ele estava vivo. Ele olhava pra mim, estava bem-vestido e dava gosto ver meu pai bem-vestido e com uma cara boa, me dizia que minha irmã Francisca e eu estávamos bem cuidadas, que eu rezasse pra Deus porque eu tinha que agradecer tudo que vinha pra mim, ele me pediu pra sempre agradecer a Deus porque tinha muitas coisas grandes esperando por mim. Então me disse pra cuidar da minha irmã Francisca porque ela sempre ia me acompanhar, eu prometi pro meu pai Felisberto, e ele me disse Feliciana O Livro é teu. Nem eu nem nenhum dos meus antepassados sabe ler ou escrever, e achei isso estranho, porque foi a mesma coisa que ele conseguiu me dizer em vida e foi a mesma coisa que ele me disse na visão que eu tive, e foi a mesma coisa que eu consegui ouvir que Gaspar, antes de ser Paloma, disse pro meu vô Cosme quando achou a boneca María que eu fiz, Gaspar disse pra ele essa menina traz A Linguagem, O Livro é dela. Eu ainda não sabia.

Quando voltei da visão, disse pra minha irmã Francisca que tinha visto meu pai Felisberto e contei as coisas que ele tinha me falado, ela me perguntou como era meu pai Felisberto e eu disse que a gente parecia mais com ele do que com minha mãe, e disse que ele parecia mais com ela. Ela ficou feliz. Eu sabia que estava no caminho porque senti que era assim, senti muito claro, mas não sabia pra onde ir, e meu pai Felisberto foi a primeira pessoa que me anunciou aquele caminho que eu senti que era certo mas que eu não sabia como continuar quando era menina, e quando Paloma era Gaspar ele se aproximou de mim um dia e me disse Feliciana vem cá um dia que eu vou te ensinar como te aproximas da Linguagem e do Livro pra que saibas que é teu, eu perguntei a Bíblia?, ele disse não, Feliciana.

Nessa visão que eu tive, meu pai Felisberto me disse uma coisa pra me provar que ele não era um espírito ou que eu estava imaginando aquilo, ele me disse diz pro teu vô Cosme vou fazer o que meu pai Felisberto fez, o que meu vô e meu bisavô que eram curandeiros fizeram eu vou fazer, ele vai cruzar os braços e te dizer que isso é apenas pros homens. Mas se uma flor nasce flor não tem como ser mato, não importa o quanto a gente queira que seja mato e é isso que eu vim te dizer, é isso que tu vais responder Feliciana, e vais provar isso pro teu vô Cosme e também pros demais tu vais provar, não vás dizer pra eles esse caminho é meu porque já foi percorrido pelo meu pai Felisberto, pelo meu vô e pelo meu bisavô, vais dizer a eles o caminho é meu porque eu sou Feliciana.

Foi assim que eu conheci meu caminho e vi o caminho no meu nome. Eu vi e senti o caminho quando era menina. Não sei falar espanhol ou inglês ou alemão ou francês nem as línguas faladas pela gente que vem me ver, não sei falar a língua deles, já apareci em filmes e nos jornais, e me mandam os livros, os discos, as coisas que os artistas fazem eles me enviam, mas eu sempre digo que agradeço, mas não me interessa se eu sou a primeira, se eu sou a última ou se falam de mim, não me interessa e agradeço, mas eu faço o que faço porque este é o meu caminho e se eu apareci no cinema e nos jornais e nos livros e nas fotografias é porque isso foi posto no caminho do meu nome, mas eu não procuro isso, com a gente que vem falar comigo em outras línguas eu só posso falar com eles na minha língua, e eu não vou matar minha língua com outra língua, eu não falo a língua do governo, é por isso que me trazem intérpretes pra dizer pras gentes o que eu digo, como agora lhe chega o que eu digo em outra língua, não chega na minha. Isso eu acho bom porque da mesma forma duas pessoas que querem se entender na mesma língua não se entendem bem, um entende uma coisa, o outro entende outra, e é por isso que A Linguagem é grande e larga como o presente. Um tempo depois do meu pai falar comigo, muito tempo depois, quando eu já tinha meus três filhos Aniceta, Apolonia e Aparicio, já era viúva do Nicanor e estava no meu caminho pra curar as doenças do corpo e da alma das gentes, eu disse pro meu vô Cosme este é o meu caminho, o caminho de Deus é meu, o de curar as pessoas é o meu caminho e fazer com que elas vejam suas águas profundas, e ele me disse isso é coisa de homem e cruzou os braços, que foi como meu pai me disse, vai em frente, Feliciana. Eu também sabia que tinha que provar isso pro meu vô Cosme como meu pai Felisberto me disse. Eu queria provar isso pras pessoas, isso é o que meu pai Felisberto quis me dizer quando ele disse tens que provar pros outros Feliciana, me disse prova que sendo mulher, Feliciana, tu estás num caminho de homens, e cabia a mim receber uma coisa que eles não podiam receber não por serem homens, mas porque eu sou eu, aquele era O Livro que meu pai Felisberto tinha me falado antes de morrer e O Livro que Paloma disse é da menina, mas O Livro ainda não aparecia pra mim.

8.

Minha mãe saiu de casa quando estava com dezesseis anos. Tinha um bom relacionamento com os irmãos, mas a relação com seus pais era tensa, ela queria ter uma vida diferente da que eles esperavam. As divergências começaram quando ela era adolescente, e só poderia experimentar o que queria fazer — estudar e trabalhar — saindo de casa. Meus avós tiveram seis filhos, duas mulheres — minha mãe e minha tia, a mais nova de todos (entre elas há nove anos de diferença). Quando minha mãe tinha dezesseis anos, sofria muita pressão por parte de meus avós para se casar, em grande medida porque na ideia que eles faziam do mundo não havia possibilidade de que uma mulher estudasse e trabalhasse. Em seu contexto, a única maneira de fazer isso era sem o consentimento de seus pais. Ambos reprovaram sua decisão, mas foram baixando a guarda logo depois de ela sair de casa, depois de uma chantagem enorme que minha avó fez com ela. Essa decisão de sair de casa foi determinante em sua maneira de ver o mundo, e mais tarde em sua forma de nos educar, a Leandra e a mim. Minha mãe foi trabalhar numa loja de roupas enquanto estudava — uma vez ela me mostrou o estacionamento no local onde antes ficava aquela loja —, ia de bicicleta e com seu salário pagava um quarto numa casa que dividia com outros estudantes, entre os quais estava meu tio, o irmão de meu pai. Foi assim que eles se conheceram.

Na temporada que passamos na casa de meus avós, Leandra comia demais e não se interessava em absoluto pela escola: durante as aulas, se distraía fazendo qualquer coisa, desenhava nos cadernos enquanto se remexia na carteira, ficava entediada. Ela se manteve à tona na primeira escola da qual foi expulsa porque é inteligente e sabia se virar. Mas a expulsaram porque tinha notas ruins em comportamento; e mais tarde, logo depois de completar onze anos, ficou muito mais rebelde do que seus colegas. O fato de Leandra ser três anos mais nova que eu me fez caminhar no ritmo dela em algumas coisas. Por exemplo, menstruei tempos depois que minhas colegas de escola, em parte porque me adiantaram de série e em parte porque em algumas coisas estava em sintonia com Leandra. Ela menstruou antes que suas colegas.

Minha avó, mãe de minha mãe, era muito católica. Ela nos levava à igreja quando morávamos na sua casa. Minha avó ficava envergonhada com o jeito contestador de Leandra, e fazia vários comentários sobre seu cabelo curto, às vezes a chamava de mulher-macho — esse era o termo que ela usava —, e minha irmã lhe dizia que havia maneiras de se pentear e se vestir diferentes das que ela conhecia. Leandra não estava interessada na escola, não estava interessada em estudar, mas com seu carisma e seu senso de humor perturbava as aulas. Se algo acontecesse na escola, se houvesse algum problema, Leandra sempre era uma das suspeitas. Para surpresa de todos da família, incluindo minha tia que sempre a protegeu e era próxima da sobrinha, Leandra se encantou com os sermões do padre quando íamos à igreja por obrigação, e sem que ninguém esperasse, começou de bom grado a acompanhar minha avó à missa, rezava com as mãos unidas e de olhos fechados, ajoelhada, antes de dormir, e um belo dia me disse que queria fazer a primeira comunhão. Não sei como, mas em alguns minutos me convenceu a nos inscrevermos no catecismo naquela mesma igreja perto da casa de meus avós, à qual meu pai nos levava de má vontade quando voltamos a morar os quatro juntos. Leandra tinha dez anos, quase onze, quando fizemos a primeira comunhão; eu tinha treze e me sentia como um urso num monociclo.

Foi uma primeira comunhão coletiva. As famílias envolvidas organizaram uma festa e minha tia, que era compreensiva e branda com o temperamento de Leandra, deu-lhe de presente um pequeno isqueiro Zippo furta-cor que elas tinham visto certo dia em que foram ao cinema num centro comercial. Minha irmã achava que aquele objeto e aquela cor eram os mais espetaculares da Terra. Foi ideia do namorado de minha tia, e os dois concordaram que era um bom presente para acompanhar uma grande vela que lhe deram com uma cruz católica e algumas espigas de trigo amarradas por uma fita cor de marfim para que Leandra acendesse e rezasse à noite. Leandra tinha insistido que o namorado de minha tia lhe desse seu Zippo de prata porque para ela aquilo era uma invenção incrível. Ela me mostrou que o fogo supostamente não apagava nunca, fez alguns testes com a mão, soprou algumas vezes, ficava maravilhada com o fato de que não se apagasse nem mesmo se o vento soprasse pela janela entre nossas duas camas, e naquela noite em que abrimos os poucos presentes que ganhamos, os quais provinham sobretudo do entusiasmo católico de minha avó, Leandra acendeu sua vela pela primeira vez com o Zippo furta-cor, o mesmo com que, tempos depois, ela provocaria o incêndio na terceira escola da qual foi expulsa.

Minha avó nos deu dois vestidos brancos, uma Bíblia com capas de plástico perolado, e nossos nomes em cada uma com uma tipografia eclesiástica que fazia parecer que éramos umas santas, medalhinhas de prata com um Cristo que nenhuma das duas usaria, como se com minha mãe não tivesse dado certo e conosco, suas netas mais velhas, por fim ela pudesse compartilhar sua fé. Ela disse que meus tios tinham nos dado um álbum em cuja capa estava escrito "Minha primeira comunhão" em letras douradas e havia a silhueta dourada de duas meninas rezando uma diante da outra, o qual ela havia comprado. Meu pai não participou da cerimônia religiosa, ficou de pé o tempo inteiro, não se ajoelhava quando o padre pedia, não respondeu nada nem se uniu a nenhuma oração, coerente com seu ateísmo. Ele gostava de brincar que, se tivesse mais tempo livre no trabalho, teria pregado o ateísmo batendo de porta em porta, e era mais ou menos esse o resumo de nossa atitude religiosa em casa.

Leandra estava feliz com seu Zippo furta-cor. Ela o acendia e apagava, abria e fechava, e naquela noite comecei a folhear o livro de poemas que minha tia havia me dado. Meu presente é melhor que o seu porque o meu queima o seu, Leandra me disse ali da sua cama, enquanto eu não tinha certeza se ia ler aquele livro ou não, porque parecia um formato mais sério, as palavras organizadas na vertical pareciam mais imponentes que a coleção de revistas dos anos 1970 que eu lia, porém naquela mesma noite decidi lhe dar uma oportunidade antes de dormir. Jamais vou esquecer o que aquele livro fez comigo aos treze anos, como se eu tivesse cursado as aulas de catecismo e feito a primeira comunhão para dar sentido a este poema de Fernando Pessoa: "Se Deus não tem unidade, como a terei eu?".

Naquele verão descobri tudo. Como se alguém tivesse se esquecido de dizer que aquilo que eu estava fazendo havia treze anos, viver, também tinha um lado divertido. Aquele livro foi minha porta de entrada para o cinema, para a música, para os jornais, para questionar meus pais. Naquele verão menstruei pela primeira vez, e embora eu vivesse as mudanças físicas e a montanha-russa de emoções com medo no início, como se alguém estivesse me forçando a nadar, compreendi que me afastava de bom grado do mundo de Leandra, pelo menos por um tempo.

Comecei a escrever poemas ruins, muito ruins; comecei a escrever artigos para a revista da escola que eram fotocópias grampeadas e, sobretudo, bobagens adolescentes, e quis aprender a tocar um instrumento. Gostava de bateria. Pedi ao meu pai que me matriculasse. Meu pai era engenheiro, não tinha ideia de música, e suspeito que também não sabia como lidar com uma adolescente que estava começando a experimentar prazeres. Se alguém elogiava o que eu escrevia era ele, mas não sabia como interpretar meu interesse pela bateria, e me mandou falar com minha mãe. Ela me pediu para procurar aulas de bateria perto de casa, que não fossem caras.

Encontrei um sujeito de pouco menos de trinta anos, com cabelos compridos e uma camiseta com a capa do álbum *Nevermind* do Nirvana, que morava com os pais numa casa de madeira e adobe que cheirava como uma cabana na floresta. Achei bem estranha aquela atmosfera campestre no meio da cidade: a casa tinha enfeites de madeira, um tapete de vaca sob uma mesa rústica, potes de barro de diferentes tamanhos como decoração e um enorme macramê bege na parede. Ele se esforçava para ostentar uma pinta de mau em sua maneira de se vestir e falar, e, enquanto bebia uma limonada que talvez sua mãe tivesse feito, me levou para a cozinha e ali me disse que dava aulas para crianças e que nunca uma menina aparecera por lá. Se você pensar nisso, ele me disse com o copo de limonada pela metade, não há baterista que seja mulher; na verdade, não há nenhuma mulher que tenha mudado a história do rock. Além do mais, ele me disse, bebendo o resto do copo de limonada, as mulheres cantam, não tocam instrumentos, muito menos bateria.

Era sábado à tarde, Leandra estava saindo de casa com sua mochila. Perguntei a ela o que ia fazer, ela disse: Não, eu não vou pôr fogo no parque, Zoé, e bateu a porta. Leandra tinha acabado de completar onze anos, e havia sido expulsa da primeira escola porque alguns professores concordaram que, apesar de sua inteligência e de ela conseguir tirar notas altas por sua boa memória, seu comportamento era péssimo. Leandra ficava entediada na escola e preferia conversar com os colegas; fazia amigos facilmente, mas atrapalhava a aula. A gota d'água foi quando Leandra desafiou um professor em cuja matéria ela estava pendendo por um fio. Insistiu tanto que a paciência do professor se esgotou. Apesar de ter feito um exame extraordinário em que ela passou com a nota mais alta de sua turma, aquele professor convocou os outros para discutir o caso de Leandra, o que se somou ao número de relatórios de mau comportamento que ela já tinha. Eles resolveram aprová-la, mas ela teria de continuar em outra escola. Foi assim que Leandra chegou à segunda escola da qual, mais tarde, também foi expulsa.

A segunda escola possuía instalações antigas com ventiladores no teto das salas de aula. Quando a professora virava as costas para eles, alguém jogava um apontador ou uma borracha no ventilador, que fazia um ruído discreto mas perceptível o suficiente para todos rirem. Quando a professora não estava, se o ventilador estivesse ligado, jogavam lápis, canetas, uma vez jogaram um estojo e as coisas saíram voando por toda a classe e todos acharam muito engraçado. Um dia, quando a professora saiu para conversar com outra professora, Leandra encharcou uma jaqueta com um garrafão de água que havia na sala e jogou a jaqueta molhada no ventilador. Ele caiu no meio da sala com um pedaço do teto, no qual apareceu um grande buraco que Leandra, mais tarde, chamou de cratera, e, somando esse acontecimento a outras advertências por má conduta, ela foi expulsa de novo.

Naquela tarde, quando ela saiu para ir ao parque, estava vestindo um moletom preto com zíper. Costumava sair com um amigo que morava num dos prédios em frente ao parque. Ele quase sempre usava um gorro de tricô com as cores rasta, tinha os olhos e o nariz arredondados; era muito doce e gostava muito de minha irmã. Aproveitei o fato de ter o quarto só para mim naquela tarde e coloquei uma música que eu sabia de cor para ver como minha voz soava, quando minha mãe entrou no quarto e me perguntou o que tinha acontecido com as aulas de bateria. Ela havia chegado antes do esperado, meu pai não estava em casa e eu me senti desconfortável porque ela entrou sem bater na porta. Contei-lhe o que o professor me dissera. Aos seus trinta e tantos anos, com a boca pintada de vermelho, o cabelo solto, uma corrente dourada, uma camiseta branca e jeans de cintura alta, ela se sentou na beirada da cama e me disse: "Mas que grande imbecil, ele e seu estereótipo de mulher, sabe o que mais?, você deveria ter dito, Zoé, que nenhuma mente tão minúscula como a dele mudou a história do rock, e aí você batia a porta na cara dele. Não vá me dizer que aquele tonto tirou sua vontade de tocar bateria".

Encontrei outro professor de bateria, violão e piano que ensinava as bases musicais para nosso grupo de oito adolescentes. Tinha uns vinte e poucos anos, cabelos ruivos, pele clara, sardas no rosto como canela polvilhada e cílios cor de ferrugem. Ele era muito alto, seus olhos estavam quase sempre semicerrados, parecia ter um corpo grande demais para se movimentar com precisão. Todos nós gostávamos muito dele. Tínhamos aulas nos fundos da casa de seu pai, um renomado psicanalista que algumas vezes vinha nos cumprimentar. Uma vez, encontramos câmeras de televisão entrevistando-o no jardim entre o estúdio e a casa. Uma celebridade tinha se suicidado e o entrevistavam por causa de seus estudos sobre suicídio. Seu pai era bem conhecido e não fazia muito tempo que havia mudado seu consultório para um edifício que dividia com outros psicanalistas, psicólogos e terapeutas em outra parte da cidade. Nosso professor estava fazendo um mestrado em violão clássico e, para cobrir suas despesas, nos dava aulas à tarde. Era divertido, nobre, caloroso conosco e nos infundia confiança.

Nas aulas de música, conheci María. Ela se concentrava na guitarra e juntas formamos uma banda que chamamos Fosforescente. María construíra um personagem que ela chamava de Garota Fosforescente nas margens dos cadernos, o qual tinha o superpoder da fosforescência — não tenho muita certeza das circunstâncias em que o poder funcionava ou para que diabos servia, mas gostamos da ideia de que ela se destacasse por sua fosforescência. Começamos a ensaiar nas tardes de sábado nos chamando às vezes de Fosforescente, às vezes de Garota Fosforescente, até que decidimos que nosso nome "oficial" seria Fosforescente. Logo se juntou a nós a vizinha de María, Julia, que cantava bem. Ela era mais divertida e extrovertida nos ensaios do que nos poucos shows que fizemos. Julia se sentia desconfortável diante das pessoas, mas cantava muito bem. Sua presença nos ensaios e no palco eram espíritos opostos, como duas pessoas distintas. Nas poucas vezes que tocamos para um pequeno público, ela cobriu parte do rosto com a franja e cantou de olhos fechados ou olhando para o chão.

Na primeira vez, tocamos morrendo de medo numa pracinha, num concurso de bandas organizado pelo bairro onde María e Julia moravam, como parte de um festival de jovens talentos. Nossas famílias compareceram, também alguns desocupados que estavam passando por ali, nosso professor Aitan foi com sua namorada, que nos parabenizou efusivamente e nos deu um buquê de flores amarelas quando descemos para cumprimentá-los. Ficamos em segundo lugar, que, segundo Leandra — que estava lá com sua mochila e seu amigo com o gorro de cores rasta —, era o pior lugar possível num concurso porque não estávamos em primeiro e não estávamos no buraco do terceiro lugar do qual ninguém nunca se lembra, mas num segundo lugar morno e parco de um concurso de bairro.

Também tocamos no aniversário de um dos colegas das aulas de música. Dessa vez foi melhor para nós e também nos divertimos. Depois tocamos no fim do ano da escola que eu frequentava, a primeira escola da qual Leandra foi expulsa, pois os alunos organizavam um espetáculo de fim de ano que era o espaço para mostrar o que fazíamos. Eu lembro que naquela vez Leandra chegou sozinha, com um quimono chinês aberto, calças azuis, regata branca e botas pretas. Ela se encontrou com os amigos e uma garota a abraçou entusiasmada e sentou-se ao lado dela. Sua amiga comemorava todas as apresentações, Leandra não aplaudiu nem demonstrou o mínimo interesse, exceto na nossa. Nós nos apresentamos depois de um menino que recitou poemas de amor que havia decorado. Estávamos prontas para tocar e lembro-me de ver Leandra com a mão sobre a testa como se não pudesse aguentar nem mais um verso daquele menino, teatralmente enfastiada em seu quimono chinês. Recentemente ela havia menstruado pela primeira vez, estava perdendo peso, e gostava de brincar que sua dieta consistia em comer macarrão, o que era verdade. Por um lado, seu metabolismo tinha mudado, por outro ela havia parado de comer por ansiedade.

Tocamos três covers das bandas que ouvíamos na época, foram bem recebidos, e tocamos uma música que compusemos. María compôs algumas melodias e eu escrevi as letras antes de escolher qual tocaríamos na escola. Leandra naquela época fumava às escondidas: meu avô paterno havia morrido com a pele acinzentada de um enfisema pulmonar, e o tabaco era a criptonita de meu pai. Ele podia beber uma garrafa de tequila ou de uísque, mas não gostava de fumar, era intolerante à fumaça do cigarro e teria ficado chateado se descobrisse que Leandra fumava. Minha irmã, que gostava de viver por um fio, tinha certeza de que não queria magoar meu pai, mas não queria deixar de fumar, então, depois que terminamos de tocar, ela saiu para fumar com a amiga. Meus pais estavam na plateia, eu vi como Leandra se aproximou de nós diretamente e, com um cheiro forte de chiclete de menta, nos disse com muita firmeza, dando alguns goles de café num copo de isopor, que gostou da música que compusemos, mas que as outras três eram muito parecidas, como tríades que se confundiam entre si. E ela estava certa. Escrevi outras letras procurando sinônimos no dicionário para que soassem mais interessantes, mas quando as mostrei para Leandra, além de não ter entendido algumas palavras, ela me disse Estão legais, Zoé, mas você, francamente, fez um trabalho de antropóloga arrancando palavras complicadas dos destroços. E esse comentário me calou, ficou dando voltas em minha cabeça, porque eu confiava que Leandra era a pessoa mais sincera do mundo.

Eu ensaiava na garagem ouvindo discos inteiros. Às vezes, enquanto eu ensaiava, meu pai fazia umas dancinhas rítmicas, um pouco rígidas, quando gostava de alguma música. Depois do comentário de Leandra, propus no ensaio na casa de María que tentássemos fazer um rap. Escrevemos nós três, nos concentramos mais no ritmo da bateria e usamos um sample de uma música de Tupac. Leandra não gostou também dessa música, mas a tocamos numa festa na casa de Julia, que cantou com o rosto quase totalmente coberto por sua franja, um gorro roxo e as unhas pintadas de amarelo fosforescente. No ensaio, ela disse que isso ia nos deixar estilosas, que seria como nossa marca registrada, e também nos apresentamos com as unhas pintadas de amarelo fosforescente. María improvisou no meio da música algo envolvendo a festa e isso foi um sucesso.

Por volta dos catorze, quinze anos trocamos a banda e as unhas fosforescentes pelas festas, e logo a menção de Fosforescente era como um passado distante. Eu ficava um pouco envergonhada se alguém mencionasse alguma música, mas depois que desmanchamos a banda continuei escrevendo músicas que nunca cantei ou toquei em público, músicas que eu não mostrava a Leandra, pois sua opinião às vezes me intimidava, e aquela bateria que comprei num mercado de instrumentos de segunda mão me servia para dar ritmo aos poemas que escrevia. Às vezes, enquanto meu pai montava e desmontava seu próprio carro, ou o de um amigo do trabalho, eu passava as tardes de fim de semana tocando ritmos na bateria, cantava palavras com uma base rítmica que me faziam pensar que com música eram melhores, como se eu não pudesse comer uma colher de açúcar a não ser que estivesse dissolvida no café, e talvez isto eu tenha herdado do meu pai: eu precisava dissolver uma coisa em outra.

Não parei de ler ou escrever artigos para as publicações da escola. Leandra nunca se importou com livros ou jornais. Na adolescência, parecia que estávamos ficando cada vez mais distantes, como duas linhas paralelas que eram nossas camas tendo entre si a janela do mesmo quarto, que nosso caminho nunca se aproximaria, e que quando saíssemos de casa nos relacionaríamos pouco, quando nos encontrássemos por acaso numa reunião de família.

Em questão de meses, Leandra teve uma mudança radical. Deixou de ser uma pré-adolescente com sobrepeso, mãos rechonchudas e cabelos curtos, e virou uma adolescente linda. Gostava de brincar com isso. A primeira vez que ficou bêbada, ficou mais bêbada que seus amigos. Numa festa, a vodca e as cervejas tinham acabado. Leandra havia sido a única a misturar as bebidas doces dos pais da menina que os convidara a sua casa, e dessa vez tive de ir com meu pai buscá-la; ele a carregou, e enquanto a colocava na cama me mandou pegar na cozinha um balde de plástico para pôr entre nossas camas.

Leandra passava muito tempo fora de casa, então deixamos de nos encontrar. Eu ia a festas onde havia maconha, cerveja e conversas que procuravam mudar o mundo; Leandra ia a um grande número de festas. Eu usava All Star e Leandra usava botas. Uma vez me disse Você nunca vai me ver de All Star, mana, eles fazem parte de um horrível uniforme do capitalismo.

Naquela época havia grandes raves organizadas pelos alunos do último ano de alguns colégios. Uma rave era equivalente à possibilidade de beber álcool, flertar, com sorte se pegar ou transar em algum canto. Essas festas eram tão populares que logo algumas bandas conhecidas vieram tocar em algumas dessas raves que começavam às três da tarde, na hora em que a maioria das escolas termina o turno da manhã, e acabavam em melodramas de madrugada. A única vez que fui a uma dessas festas foi porque lá ia tocar uma banda local de que María e eu gostávamos muito; conhecemos uns caras de quem ficamos muito a fim, compartilhamos um baseado sentados na grama até a noite cair, e essa foi a única festa em que encontrei Leandra naquela época. Ela estava bêbada, me pedia para não contar que estava bêbada, e com o nariz vermelho me disse Te apresento à minha esposa, maninha, ela é namorada do meu amigo, mas eu gosto tanto dela que a pedi em casamento e já nos casamos, não vá contar aos nossos pais que me casei sem convidá-los pro casamento. Na época eu tinha a voz mais grave que a dela, não muito, mas naquele momento me surpreendeu que Leandra falasse num tom mais agudo que de costume, e não sei por que associei isso ao fato de que Leandra estava interessada em se dar bem com aquela garota que tinha um perfume e uma voz muito doces. Na manhã seguinte, ela me disse que havia beijado a garota e que fora muito divertido.

Leandra queria ser designer, coisa que deixava meu pai muito desconcertado. Talvez porque fosse o oposto de seu trabalho prático como engenheiro. Minha mãe costumava mediar essas conversas. Eu queria estar na redação de um jornal, pesquisar em alguma biblioteca ou talvez escrever poesia, e isso me punha como entre duas estações de rádio que nenhum de meus pais conseguia sintonizar. Certa vez, eu disse em casa com muita ênfase que ia me dedicar a escrever todos os tipos de histórias da redação de um jornal, e foi como se eu tivesse plantado a bandeira na Lua, esse território distante e desconhecido para minha família. No entanto, quando eu disse a Feliciana como havia chegado ao meu trabalho ela me disse, muito decidida, que eu também tinha A Linguagem, mas ainda estava me faltando alguma coisa. Pareceu-me uma coisa muito distante, a princípio eu ouvia essa menção à Linguagem como se fosse algo mágico, mas aos poucos comecei a me dar conta de que ela estava se referindo a algo mais amplo.

E o que você pensa fazer a esse respeito, minha mãe me perguntou um dia. O trabalho não bate na porta de casa, você tem que sair e procurá-lo. Uma manhã, a caminho do colégio, comprei o jornal que meu pai lia todos os sábados, um costume que ele herdara de meu avô, seu pai, também engenheiro, e que eu suspeito que, mais do que interessá-lo, era uma forma de ele manter um relacionamento com o pai, como o fato de ambos terem se dedicado à mesma profissão havia sido uma maneira de manter uma proximidade silenciosa, pois, se meu pai não era de muitas palavras, meu avô era um túmulo. Aquele era o jornal que às vezes eu lia quando o acompanhava na oficina da garagem, e procurei o endereço de sua sede e naquela tarde fui me oferecer como assistente na redação do jornal. Era uma grande empresa, eu pensei que com sorte haveria um emprego para mim, além disso era o mesmo jornal que meu pai costumava comprar, era como um cachorro fiel sempre deitado de manhã na entrada da casa. Eu não tinha ideia de como as coisas funcionavam, mas acho que estava tão determinada que consegui que a recepcionista me pusesse em contato com o assistente de um dos editores responsáveis pela seção de cultura, que me pediu para voltar na segunda-feira seguinte. Foi complicado falar com o editor-chefe, mas, quando consegui, ele me disse que não havia vagas para meninas que só queriam se divertir. Aqui se trabalha, ele me disse, não se vem para passar o tempo, e eu não passei da recepção. Quando contei aos meus pais, eles estavam na frente da televisão na cozinha, com o volume baixo, comendo sanduíches. Meu pai reagiu com calma, disse que eu devia voltar para que aquele senhor me escutasse, mas minha mãe explodiu.

— E quem disse a esse idiota que você é uma menina pensando em como passar o tempo, não sei quem ensinou esses modos pro Senhor Editor, mas se você não puser esse cara no lugar dele eu mesma vou fazer isso, seu pai tem razão, você vai voltar pra falar com esse homem, mas não só vai botá-lo no lugar dele, vai também mostrar que é capaz de ter esse e qualquer trabalho que desejar, Zoé.

No dia seguinte, no fim das aulas, num horário em que minha mãe deveria estar no trabalho na administração da universidade, ela passou para me pegar e me deixou na porta do jornal.

— Eles vão te pagar uma miséria, mas deve ter algum emprego pra você. Vou ficar aqui te esperando até você voltar com esse trabalho. Nada de trabalhar de graça, em nenhuma circunstância está certo, nunca aceite trabalhar de graça, não importa o quão iniciante você seja.

Tivemos que voltar na semana seguinte, porque o editor não estava lá, mas por meio de seu assistente ele prometeu me ver de novo. Com um horário à tarde, depois do período da manhã na escola, e o horário das sete ao meio-dia aos sábados, ele me ofereceu um emprego pelo qual me pagariam uma mixaria.

Logo entendi que nas redações não existe algo como um horário melhor do que outro; de fato, acabei tendo de trabalhar nos fins de semana, mas ganhei a confiança daquele que foi meu primeiro chefe, que me recomendou para meu primeiro emprego quando terminei a faculdade, e esse trabalho me trouxe ao cargo que ocupo hoje. Naquela tarde, quando me contrataram, com aquele clima bipolar e previsível do verão — o calor intenso pela manhã e a chuva pontual à tarde —, lembro-me de minha mãe com seu suéter preto, os lábios pintados de laranja e as unhas vermelhas, dirigindo:

— O problema das pulgas é maior do que parece. Sabia que, se você puser um monte de pulgas num frasco, elas pulam e correm para a tampa e pulam até a altura da tampa, porque, você sabe, são pulgas e as pulgas pulam, mas se você tirar a tampa elas pulam até o limite invisível porque não imaginam que a tampa foi retirada. É o mesmo problema num sistema machista. Nem você nem Leandra têm o problema das pulgas limitadas, Zoé, que fique bem claro que vocês podem pular tão alto quanto quiserem, porque se houver uma tampa no frasco vocês a removem.

Apesar dos cinco anos em que trabalhei no jornal, minha mãe sempre se referiu ao meu chefe como o Senhor Editor. Ela nunca o perdoou por aquela primeira abordagem comigo. Dos oitenta estudantes que ocuparam as vagas que havia para o curso de jornalismo naquele ano, dez tinham direito a uma bolsa de estudos. Foi uma conquista importante para mim ficar com uma das dez bolsas, mas, além disso, aquela era justamente a faculdade em que eu queria estudar, e trabalhei por seis meses para ter grandes chances de entrar: estudei matemática, química e física em horas extras, conseguindo tempo como podia no trabalho. Quando saíram os resultados, meu pai me ligou do escritório para dizer que estava muito orgulhoso de mim e que ia me fazer uma surpresa, que então pensei ser um jantar mas era o Valiant 78. Quando vi minha mãe em casa, ela me disse o seu "não esperava menos de você", que naquele dia finalmente compreendi. Era sua maneira de me dizer que isto, fazer o que eu queria, era exatamente o que ela esperava de mim.

9.

    Meu vô Cosme parou de falar comigo quando eu disse pra ele este é o meu caminho, o caminho de Deus é o meu caminho. Eu curava as pessoas que vinham me ver e comecei a pegar fama por curar as gentes que vinham me ver, se espalhou a notícia que eu curava as enfermidades do corpo e da alma e começou a vir gente dos vilarejos vizinhos e começou a chegar gente que falava espanhol, depois veio gente que falava outras línguas, começaram a vir estrangeiros aqui pra San Felipe, perguntavam por mim, o povo vinha em éguas, em burros, abriam o caminho com facões, como podiam chegavam os estrangeiros com o povo da vila que trazia eles, naquela época não tinha estrada nem pavimentação, isso foi o prefeito que instalou quando viu que todos os estrangeiros vinham aqui, queria ficar bem com os estrangeiros, o prefeito soube que o banqueiro gringo veio porque viu o filme que fizeram da minha vida e disseram pra ele esse é um homem poderoso e até convidaram ele pra sua casa. Nessa época, pra chegar até minha casa do lado das *milpas* precisava andar umas quatro ou cinco horas em éguas, em burros, um pouco a pé, abrir caminho com um facão se os galhos e o mato caíam por causa do granizo, assim o povo vinha até que eu tive que dizer pra eles vem amanhã, filho, vem no dia seguinte, filha, vem depois, filho, mas olhe como a gente é: de todos aqueles que vinham, o único que me importava que dissesse Feliciana tudo isso que tu fazes está bem era meu vô Cosme, que me disse que o que eu fazia era ofício de homens.

 Um dia apareceu na porta da minha casa meu vô Cosme e me disse Feliciana ouvi dizer que tu és uma curandeira famosa, ouvi dizer que tens A Linguagem e eu venho te dar minha bênção, era assim que ele era, demorava pra dizer as coisas, mas quando dizia sua porta se escancarava, era uma porta grande, grande. Meu vô Cosme abriu a porta pra mim só duas vezes, essa foi a segunda, quando eu me casei com Nicanor foi a primeira. Eu tinha uns catorze anos quando me casei com Nicanor, lhe digo que não sei muito bem, nem aqui em San Felipe nem em San Juan de los Lagos fazem papéis das pessoas quando nascem. Quando tive minha primeira filha Aniceta, vi que meu vô Cosme abriu a porta pra mim da primeira vez, porque ele guardava seus rancores e de repente eles saíam. Meu vô Cosme apareceu pra mim na porta com a boneca de trapo que eu fiz quando era criança que ele chamava de Tola e o nome dela era María e ele me disse Feliciana isso agora é da tua filha Aniceta, tira isso dela quando ela for brincar pra que ela possa aprender sozinha pra onde ir, como eu te ensinei a trabalhar. Eu soube que foi assim que meu vô Cosme me abriu a porta, quando eu casei com Nicanor e tive minha filha Aniceta. Que ele me amava sim, mesmo que não dissesse, e que me respeitava como curandeira eu soube da segunda vez que ele me abriu a porta. Meu vô Cosme nunca gostou da Paloma, sempre dizia as coisas pra ela como se fossem golpes, as pessoas adoravam Paloma e meu vô Cosme era muito duro com ela. Ele não agradeceu quando Paloma curou minha vó Paz da doença porque antes de tudo via suas penas, e se ouvia alguém falar alguma coisa da Paloma, ele dizia esse aí vai soltando as penas enquanto anda.

    Antes da família de Nicanor, vieram na minha casa três famílias pra ver pra quem meu vô Cosme ia me entregar, mas as famílias não vinham com os rapazes, a gente não podia ver o marido antes de se casar, não, não, eu não conheci eles, mas conheci a família deles. A família de Nicanor era a maior e mais agradável, eles tinham bodes, galinhas, uns porcos, e meu vô Cosme combinou o casamento e eu conheci Nicanor mais tarde, uns dias antes do nosso casamento na igreja da vila, e eu achei Nicanor muito sério. Eles deram como dote uns porcos e umas cabras que minha vó Paz cuidava. Meu vô Cosme sacrificou um bode e minha mãe fez *atole** de milho pro povo, a grande família de Nicanor trouxe a aguardente e um *mole de guajolote*.** No dia do casamento, Nicanor me contou que aprendeu a ler e escrever porque tinha sido mandado pra escola comunitária. A família do Nicanor também trouxe a música pra comemoração do nosso casamento, a Banda Montes era um clássico das pousadas e festas de San Felipe que percorriam os vilarejos da região, então a Banda Montes tocou na nossa festa de casamento porque um deles era parente da família do Nicanor, você já pode imaginar como todos eles saíram dançarinos. Paloma ainda não tinha homens, ela ainda não saía pras noitadas, nem com homens que amava nem com homens que não amava, ainda era o menino Gaspar, ainda oficiava de curandeiro e ficou dançando e dançando com as mulheres da família do Nicanor, todas elas

---

* Bebida quente típica mexicana, feita com fubá cozido e água misturados com pedaços de cana-de-açúcar; comumente se acrescenta canela, chocolate ou frutas.
** Peru com molho de chocolate.

gostavam do Gaspar, ele era muito amável no trato, muito divertido nas festas, e todas as mulheres da família do Nicanor gostavam dele, ele fazia todo mundo rir e dançar enquanto meu vô Cosme dizia que Gaspar não era da sua família, que era da família do meu pai Felisberto, e que infelizmente ele era o último dos homens curandeiros. Na festa, minha irmã Francisca chegou e me disse Feliciana não quero que me casem, e ela passou todo o casamento em silêncio como uma coruja, só com os olhos grandes observando e cuidando das crianças da família do Nicanor, que eram muitas.

Nos primeiros dias do meu casamento com Nicanor eu estava com medo, em parte porque eu não dormia mais com minha irmã Francisca como antes na mesma esteira, em parte porque Nicanor gostava de tomar um café da manhã farto e a gente não estava acostumado com isso, e também porque não entendi nada quando ele subiu em cima de mim na noite do casamento. Primeiro me conformei, pensei assim é que é a vida de uma mulher casada, mas eu não entendia por que as pessoas gostavam de montar uma em cima da outra, isso foi uma coisa que eu demorei pra entender no meu casamento com Nicanor. Achei que era o costume de homens e mulheres, as pessoas gostam de fazer isso, eu pensei, a gente tem que seguir os costumes do povo, e minha irmã Francisca queria saber como era que Nicanor montava em cima de mim, e estava com medo que esse dia de casamento chegasse pra ela, ela me dizia que não queria que meu vô Cosme casasse ela, porque ele andava sim oferecendo minha irmã em casamento, na praça ele falava da sua neta Francisca com as pessoas que já conheciam Francisca e achavam ela alta e bonita. Eu demorei, mas depois entendi por que uns montavam em cima dos outros e gostavam, demorei um pouco pra comprovar que é até agradável. Naquela época Nicanor era um menino, ele não bebia aguardente e no dia do casamento com muito custo ele bebeu a aguardente que sua família trouxe pra gente, nós dois bebemos a aguardente à força, o que a gente mais gostava era de trabalhar. Eu então não sabia nem tinha maneira de saber que Nicanor ia se entregar assim pro álcool depois de virar soldado, e então foi esfaqueado até a morte quando meu filho Aparicio deu os primeiros passos.

Nos primeiros tempos de casamento eu soube que era bom estar com Nicanor com quem me casei sem conhecer, primeiro conheci os parentes dele, assim a gente foi se entendendo até que vimos que era bom estar casados. Quando eu disse pra ele que estava grávida, ele não ficou nem alegre nem triste, como se eu tivesse falado que depois da tempestade vem a manhã que o sol limpa e Nicanor não disse nada quando eu disse pra ele que estava grávida como se eu tivesse falado já amanheceu Nicanor e ele me disse Feliciana me prepara um café com açúcar como tu faz, e naquele dia que eu disse pra ele Nicanor estou grávida ele agiu como se estivesse tomando o café que eu fazia pra ele antes que o sol nascesse atrás do monte.

Quando eu tive Aniceta, meu vô Cosme veio e me abriu sua porta, foi aí que Gaspar veio ainda menino e me disse Feliciana não estou limpo, não posso curar as pessoas. Então o povo já estava começando a ir no Tadeo o Caolho que lia no milho e se aproveitava das pessoas dizendo pra elas o que queriam ouvir, ele jogava os sete milhos e dizia o futuro delas, ele se aproveitava das pessoas que acreditavam que ele podia ver o futuro porque era caolho e Gaspar veio me dizer que tinha saído de noite com um homem que tinha família, um político da cidade que tinha filhos e esposa e vinha trabalhar com o prefeito, ele tinha ido lá no armazém atrás de um menino pra que ninguém da sua gente conhecida visse ele, e lá estava Gaspar ainda menino, eu vi que foi então que a morte botou seu ovo no Gaspar pela primeira vez, antes que ele fosse Paloma, a morte botou seu ovo lá não porque o político tinha filhos e esposa, mas porque aquele homem ia de cidade em cidade pegando meninos e tinha uma doença purulenta que passou pro Gaspar que ainda era menino. Ele veio me ver daquela vez pra me dizer que mijava pus em vez de urina, e como ele se livrava daquilo, ele me disse Feliciana me ajuda com as ervas que tu benzes. Nós fomos até o monte pra benzer umas ervas que com o tempo melhoraram a doença do Gaspar por causa das noites que ele deitou com o político. Eu estava com a Aniceta enrolada num xale e Gaspar me disse Feliciana, meu amor, essa menina com esse sorriso vai consertar tudo. Ele sempre preferiu Aniceta desde que ela nasceu, mesmo que se desse muito bem com Apolonia ele gostava mais da Aniceta, ele vinha me ver por causa dela, foi assim que a gente começou a se ver mais, ele vinha até minha casa, ficava trabalhando com a gente. Apolonia nasceu rápido, Aparicio também nasceu rápido quando eu era casada com Nicanor.

Naqueles tempos, Nicanor foi embora com uns revolucionários pra andar por aí com os fuzis e os cavalos, primeiro eles atingiram o braço dele com um rifle, depois acertaram o cavalo, depois conseguiram meter um balaço nas suas entranhas. Ele me mandava mensagens pelas pessoas e me mandava dinheiro pra eu guardar. Naquela época minha vó Paz morreu, e depois de pouco tempo meu vô Cosme foi atrás dela. Ele não conseguiu suportar a tristeza sem ela, eu vi isso num dia de chuva de granizo. Meu vô Cosme morreu porque minha vó Paz foi embora, ele estava saudável, eu vi isso, ele era saudável, a morte botou seu ovo na alma dele, não no corpo, porque a morte também é assim, meu vô Cosme partiu logo depois que minha vó Paz morreu. Pouco mais tarde minha mãe também alcançou eles, os três partiram assim rápido como o fogo cresce com os ventos fortes, os três partiram em tempos de chuva, nos mesmos tempos de chuva os três se foram. Minha irmã Francisca ficou aliviada que meu vô Cosme não lhe deu em casamento.

Assim são os falecimentos em companhia: tem quem morra pra seguir alguém que foi antes dele, é quando a morte põe seu ovo na alma das pessoas, é quando as pessoas pedem pra morte me põe seu ovo, e se ela não dá o que pedem, lá vão eles tirar à força como as pessoas que roubam coisas nos mercados, mas sempre a morte está aí fazendo seus trinados. Porque a morte escuta, assim como a vida escuta a gente. Meu vô Cosme parou de falar quando minha vó Paz morreu, ele ficou mudo, a boca dele afundou rápido porque as palavras escaparam dele, não queria usar a boca nem pra comer e ela afundou do mesmo jeito que um braço que a gente não usa adormece, foi assim que meu vô Cosme parou de falar, como se assim ele deixasse de estar na Terra e um dia amanheceu frio. Eu não posso lhe dizer meu vô Cosme morreu pois parou de falar porque Deus não deu mais palavras pra ele, ele parou de falar depois que minha vó Paz morreu e Deus não lhe deu mais palavras, e então minha irmã Francisca veio me dizer o vô Cosme se foi com Deus. E eu vi minha irmã ficar aliviada, porque Francisca não queria que meu vô Cosme desse ela em casamento, ele já tinha recebido uma família que queria minha irmã Francisca mas não tinham gado pro dote, e na outra semana, quando meu vô Cosme já tinha morrido, outra família vinha com um dote mas eles não apareceram.

Minha mãe teve um mal do coração e foi apagando como uma vela que de noite se consome enquanto todos estão dormindo. Ficamos minha irmã Francisca, eu com meus três filhos Aniceta, Apolonia e Aparicio, e Nicanor que estava na guerra com os revolucionários. Gaspar que ainda não era Paloma vinha ajudar a gente com o trabalho.

Naquela época tinha soldados do exército que iam deixando as moedas que os soldados ganhavam nas casas, deixavam mensagens faladas que os soldados da guerra mandavam pras mulheres em casa, pras crianças que ficavam lá esperando e os poucos que sabiam escrever mandavam cartas. Nicanor me mandava cartas porque sabia escrever e ler, mas eu não sei ler então o soldado que me trazia a carta lia pra mim ou depois eu pedia pra alguém ler outra vez pra eu escutar de novo por puro prazer de ouvir o que Nicanor me dizia. Ele me dizia pra eu não me preocupar com ele porque todos eles iam voltar com saúde e todos os soldados iam voltar muito em breve, mas depois de pouco tempo bateu na porta um soldado que veio me dizer Nicanor morreu na batalha. Eu chorei, meti na cabeça a ideia que Nicanor tinha morrido e tomei coragem pra contar pros meus filhos vamos nos despedir do seu pai Nicanor, vamos fazer pra ele um túmulo vazio pra ter um lugar pra chorar por ele, mesmo que seja só pro seu nome que isso não morre, o nome não tem horas nem tempos porque é o mesmo nome que se diz a alguém quando vive e quando morre porque A Linguagem está sempre viva, eu dizia pros meus filhos Aniceta, Apolonia e Aparicio, então seu pai Nicanor sempre vai estar vivo como o nome dele que vive na Linguagem e eu disse isso pra eles na noite em que outro soldado veio me trazer um dinheiro que Nicanor estava mandando pra gente, lá da guerra, pensei que era dinheiro atrasado, um recado que chegava depois que Nicanor tinha morrido e eu fui com meus três filhos encontrar um lugar pra fincar uma cruz de madeira ao lado de um agave pra pôr seu nome num túmulo vazio. Mas no outro dia chegou um soldado pra me dizer Nicanor está bem e te manda um recado e eu disse o que aconteceu, não entendia se era verdade ou mentira que Nicanor estava vivo ou morto, mas fui com meus três filhos pôr a cruz de madeira ao lado do agave com o nome do Nicanor, fincar a cruz com o nome dele pra gente ir lá rezar pra ele e lá as ervas iam crescer com todas as suas memórias, mas eu não sabia se a gente tinha que fazer um buraco, não sabia se a gente tinha que jogar ele lá morto ou se era só pra pôr seu nome, então eu fui procurar umas tábuas, fiz a cruz com um prego e lá fincamos o nome dele na terra. Então chegou mais dinheiro e eu chorava porque já não sabia se Nicanor estava vivo ou morto, eu não entendia, dizia pra minha irmã Francisca, pro Gaspar que ainda não era Paloma, eu não entendo, mas disse pros meus três filhos mataram o pai de vocês na guerra, era melhor que eles acreditassem que a morte tinha posto seu ovo do que acreditassem que ele estava vivo, como meus filhos iam acreditar em mim se eu dissesse Nicanor ressuscitou como se fosse Jesus Cristo, mas Aniceta entendeu que eu estava chorando porque não sabia o que era verdade e o que era mentira, Aniceta percebia como eu estava confusa com a cruz de madeira que fiz pra fincar o nome do Nicanor na terra, sem saber se a gente ia fazer um buraco pra enterrar o corpo do Nicanor na terra onde o nome dele foi cravado, e eu disse pros meus três filhos o nome do Nicanor na cruz é tudo que a gente precisa porque não há horas nem tempos, A Linguagem está sempre viva. Um dia chegou outro soldado com dinheiro e me disse mataram Nicanor na guerra, e a gente foi chorar por ele lá nas tábuas que eu tinha transformado em cruz com um prego com o nome do Nicanor cravado na terra, daquela vez sim eu chorei como uma criança recém-nascida chora de alívio, eu chorei de esperança que ele estivesse vivo e depois Nicanor apareceu bêbado na porta de casa. No começo eu não reconheci ele, trazia cartuchos e um rifle, usava um bigode e umas roupas que até parecia outra pessoa, além de já estar suando a aguardente rançosa de dias.

    Quando voltou da guerra, seu gosto por aguardente fez nosso casamento apodrecer como apodrece uma fruta que ninguém colhe da terra. Nicanor ficou muito brusco comigo e com nossos três filhos, minha irmã Francisca não podia olhar nos seus olhos, não podia falar com ele, e Gaspar que ainda não era Paloma deixou de vir em casa porque Nicanor era um animal. Começou a bater em Aniceta, Apolonia e Aparicio se eles diziam alguma coisa que ele não gostava e no dia seguinte ele pedia perdão todo culpado, ele me bateu umas vezes e quebrou uma panela da minha irmã Francisca porque não gostou do seu *atole*, disse que tinha gosto de puro barro. Batia em Aparicio com o que tivesse na frente dele. Um cabra uma vez fez Aparicio chorar, ele veio com os lábios azuis, a cara azul de não respirar de tanto chorar porque o cabra fez ele chorar e Nicanor foi bater nele, mais forte que o cabra bateu porque seu filho Aparicio, seu filho homem, estava chorando porque um cabra machucou ele e isso não é coisa de homem, Nicanor disse e deixou os lábios do Aparicio sangrando e quebrou um dente do soco que deu nele, então eu tive que segurar o dente com a mão a noite inteira até que ele se prendeu de novo, quando o sol saiu de trás do monte eu já tinha posto o dente no lugar, a criança chorava de dor, eu enfiei umas ervas no buraco do dente pra doer menos e foi assim que eu colei o dente nele, segurei o dente até que se enraizou de novo.

Percebi que Nicanor começou a gostar de uma garota e se encontrava de noite com ela. Eu percebi rápido. Nicanor não morreu na guerra, foram os recados que os soldados me trouxeram que mataram e ressuscitaram ele muitas vezes, ele lutou com um rifle com os revolucionários e voltou bêbado pra San Felipe pra andar deitando com a garota. Nicanor não morreu entre os homens que lutam, embora meu filho Aparicio diga isso porque pra ele não existe pessoa mais santa que Nicanor, e Nicanor morreu das facadas que o irmão da garota deu nele, Viviana se chama a garota que deitava com ele num barraco lá nos cafundós de San Felipe. O povo dizia que a menina Viviana deitava com ele forçada. Mas eu vou lhe dizer uma coisa que só os anos que eu tenho nas costas me deixam dizer, se tivessem me falado antes que ele levou pro barraco a garota pra dormir com ela à força, eu mesma ia ter dado as facadas no Nicanor, isso é algo que eu tenho atravessado, está tão atravessado aqui no meu peito como um suspiro que não sai, está sempre comigo e isso me corta o coração quando digo porque um homem assim pegou minha irmã Francisca à força e eu não consegui fazer nada pra ajudar ela. Mais tarde eu descobri o que aconteceu com Nicanor e Viviana. Ele não deitou com Viviana à força, eles saíram juntos, Nicanor não pegou ela à força, mas se tivesse feito isso eu ia atrás dele com um facão porque um homem pegou à força minha irmã Francisca.

Minha irmã Francisca me contou, depois que ela ficou mocinha, quando a lua veio pra ela e antes de eu casar aconteceu aquilo que tempos mais tarde eu vi numa velada que fiz com minha irmã Francisca depois que recebi O Livro, aquele que meu pai tinha anunciado antes de morrer e que Gaspar, antes de virar Paloma, disse que ia ser meu, então numa velada eu vi quando um miserável pegou minha irmã Francisca à força e até hoje eu lhe digo que podia ter matado aquele desgraçado com um facão, porque a fúria que eu tenho não amansa as recordações. Eu não mato, eu não faço mal pras pessoas, mas tenho muita raiva daquele desgraçado e por isso que eu lhe digo que podia ter matado ele, que Deus me perdoe por dizer isso. Foi na *milpa* aqui em frente. Minha irmã Francisca mal tinha ficado mocinha depois da sua lua e começou a fazer xixi na esteira, fazia xixi na esteira toda noite, eu via isso porque antes de me casar com Nicanor eu dizia pra minha irmã Francisca tu já estás grande, faz xixi lá fora onde é lugar de fazer, o que estás fazendo, eu dizia pra ela. Mesmo que durante o dia ela fizesse xixi lá fora, quando dormia ela fazia aqui dentro. Antes de Francisca ficar mocinha e sua lua chegar ela já tinha os peitos como frutas doces, ela sempre foi mais alta que eu, vai saber por quê se minha mãe era tão baixa quanto eu, e minha vó Paz era ainda mais baixa que minha mãe, mais baixa que minha mãe e eu, e meu vô Cosme também era baixinho, mas ele se dava ao respeito do povo por sua forma de ser e pelo jeito atencioso de tratar, porque olhava nos olhos das pessoas, lembrava das coisas que elas diziam, sabia o nome de todo mundo e do que estavam falando, meu vô Cosme era baixinho como nós e minha irmã Francisca sabe lá Deus como logo ficou mais alta que nós, assim como na semeadura um talo se destaca no milharal, não importando se os ventos fortes agitam mais as folhas, e rápido ela pegou corpo de moça, e os homens olhavam pra Francisca onde ela estivesse na vila, diziam coisas pra ela. Eu lembro que Gaspar que ainda não era Paloma dizia Francisca tu és linda e pintava a boca dela, mas minha irmã Francisca limpava rápido a boca com os trapos, não queria que as pessoas vissem que já era uma moça. Antes de me casar um dia vi que minha irmã Francisca fazia xixi dormindo, eu acordei ela e disse Francisca vai pegar uns trapos pra te limpar, tu já estás grande pra ficar fazendo xixi nas roupas e ela começava a chorar e não dizia nada, e eu ia pegar os trapos pra não baterem com vara nas mãos dela. Francisca fez isso outras vezes e eu fui comprar uma esteira pra trocar a que a gente tinha pra ninguém falar nada, troquei a esteira sem que os outros percebessem e daquela vez ela me contou o que aconteceu, mas depois eu mesma vi quando fiz uma velada pra ela.

Um desgraçado meteu à força nela seus dedos porcos e gordos, minha irmã Francisca sentiu o ardor e não queria estar lá, mas não teve ajuda, ficou com os seios à mostra, o sol estava forte, luminoso e quente lá no alto, ela mal podia falar porque queria ir embora, mas não sabia por que aquele desgraçado estava enfiando nela aqueles dedos sujos, ela queria escapar do desgraçado que ficava enfiando aqueles dedos rachados de tanto arar, mas ela não conseguia fugir, o desgraçado agarrava ela à força, com os peitos à mostra, tirava e enfiava os dedos nela, e ela já tinha corpo de moça, mas não queria estar ali com aquele desgraçado, e o desgraçado sussurrava no ouvido dela que quando ela se casasse e tivesse o dote, ela ia agradecer ele porque já não precisava de nada, que ela ia se lembrar dele na sua noite de núpcias, que quando fosse casada ela ia lembrar como ele era grande, mas minha irmã Francisca tinha um medo enorme, o desgraçado a forçou, ficava repetindo que ela ia lembrar dele, dizia tu vais lembrar disso que eu estou te fazendo porque ninguém vai meter assim em ti, ele metia na minha irmã Francisca que sentia o ardor e não queria estar lá e quando ele metia os dedos com aquelas unhas sujas de terra e sua alma de animal monstruoso, agarrava os peitos da minha irmã Francisca, os peitos que nem ela tocava quando tomava banho de caneco antes do sol nascer atrás do monte pra não ver seu corpo de mocinha, com seus olhos negros e seu cabelo preto brilhante em que esfregava os juncos pra ele brilhar, e enquanto isso acontecia minha irmã Francisca descansou sua mente numa imagem que ficava perto do Cristo na igreja do vilarejo, uma pintura que ficava do lado do Cristo, uma virgem branca com pés brancos entre as nuvens, e as nuvens pareciam estar em movimento como as que flutuam nas tardes claras assim com o céu limpo e azul como recém-lavado pelas águas, as nuvens brancas e gordas como crianças bem alimentadas, gordas de bem alimentadas que são as crianças de bochechas coradas pelo leite que vem dos peitos, porque ela disse pra mim Feliciana, aquelas nuvens me levaram pra outro lugar. Era onde ela estava protegida com aquele cheiro das flores brancas da igreja do vilarejo, e sentia o chão frio e a sombra nos dias de calor na igreja da vila, minha irmã Francisca via a virgem como se ela pisasse naquelas nuvens brancas e bem nutridas como crianças bem alimentadas, com bochechas coradas pelo leite que vem dos peitos, as nuvens cheiram a leite como crianças recém-nascidas, e pensava como era ter os pés entre as nuvens brancas e suaves, mais leves que o ar e que deram paz à minha irmã Francisca que cheirava o leite que as crianças recém-nascidas cheiram, enquanto o desgraçado lambia os peitos dela como se fossem frutos até que jorrou o pulque rançoso da alma monstruosa dele, aquele que derramou nos peitos dela.

Há desgraçados, esses desgraçados não têm nome, há desgraçados na Bíblia, há desgraçados nas vilas, há desgraçados em todas as línguas e em todos os tempos há desgraçados e as mulheres vão continuar parindo desgraçados, mas pra mim nenhum deles tem nome nem vai nunca ter nome porque todo mundo tem o nome do seu crime. Minha irmã Francisca é uma mulher com a alma limpa e tranquila desde o dia em que nasceu até agora. Eu não seria Feliciana se não tivesse minha irmã Francisca, assim como você não seria quem é sem sua irmã Leandra. As irmãs são o que não temos, elas são o que não somos e nós somos o que elas não são.

Nicanor não deitou com Viviana à força. Alguns anos depois, Apolonia um dia veio me dizer que Viviana estava grávida do marido, teve quatro filhos com o marido, Aniceta e Apolonia guardavam ressentimento do Nicanor porque tinham ouvido na vila que as pessoas diziam que o pai delas era um bêbado que tinha deitado com Viviana, eu dizia pras duas Nicanor deu a vida de vocês, não guardem rancor dele. Porque nada nasce de sementes queimadas, filhas, muito menos flores, se o nome do seu pai estiver queimado. Você tem um marido e um filho, e me entende. Eu dizia pros meus filhos não guardem rancores, Nicanor deu a vida de vocês, vão onde está sepultado com a cruz que eu fiz pra ele com um prego pra fincar o nome dele na terra, vão e rezem pro nome do seu pai Nicanor, vão até as tábuas pra compartilhar suas tristezas e suas alegrias porque ele deu a vida de vocês. Um dia Viviana veio me ver porque tinha uma prima com uma doença no fígado, Viviana me disse que conheceu outros homens antes de Nicanor e que ela quis ficar com Nicanor, que eles tinham deitado juntos porque ela queria, que ele não tinha pegado ela à força, mas o irmão dela matou Nicanor a facadas, ele tinha ido matar Nicanor pensando que a irmã não queria estar lá, que estava ali à força, e ela se sentia culpada por mim e queria me dizer isso e pedir pra eu curar a prima da doença que afligia seu fígado. Eu ajudei a prima da Viviana, curei o fígado da prima dela e eu lhe digo: tudo o que o Sol toca fica iluminado nesta Terra, e Viviana me contou que tinha levado Nicanor pra sua casa bêbado, que seu irmão não sabia que ela deitava com os homens e Nicanor teve o azar de ser o primeiro de que seu irmão ouviu falar, o menino pensou que Nicanor deitou com ela à força.

10.

Feliciana soube sem que eu lhe dissesse nada. Um idiota abusou de Leandra quando ela estava com dezesseis anos. Fazia pouco tempo que meu pai tinha morrido, minha mãe ficava fazendo horas extras na administração universitária e quando chegava em casa ligava a televisão e lá ficava até que o sono a tomasse. Seu temperamento não era e nunca tinha sido depressivo. Depois que meu pai morreu, ela não se afundou numa poltrona para chorar, mas durante esse tempo assistiu a documentários absorta no que acontecia na tela. Quanto mais longe e distante era o que se passava no documentário, mais ela era fisgada. Minha mãe não queria ver ficção, ela procurava a realidade, mas uma realidade muito distante da sua. No primeiro aniversário de meu pai depois que ele faleceu, dois meses e meio mais tarde, minha mãe nos disse na cozinha, enquanto Leandra e eu fazíamos *quesadillas*, que não imaginávamos tudo o que acontecia no universo em expansão e nos contou em detalhes como, em sua opinião, os buracos negros podiam ser medidos. Era o aniversário de meu pai, mas nenhuma das três conseguiu dizer nada.

Minha mãe começou a acompanhar uma série que falava do espaço, da Via Láctea, da galáxia, da física e suas grandes questões filosóficas, e certa vez vi que, na tela de seu computador na mesa do escritório, ela havia mudado uma foto de uma viagem que nós quatro fizemos à praia por um astronauta flutuando no espaço, que era, acredito, seu melhor autorretrato da época.

A irmã mais velha de uma das amigas de Leandra do supletivo, a quarta escola em que ela estudou, era dentista. Era uma mulher de vinte e nove anos, alegre, extrovertida, com covinhas nas bochechas e um jeito de falar que me parecia acolhedor, quase sempre conversava sobre algum assunto atual, quanto mais popular a notícia mais ela se envolvia e mais dava risada, e sempre me senti muito à vontade em sua presença nas vezes que fui ao consultório para deixar ou esperar minha irmã. Certa vez Leandra foi comer na casa da amiga e comentou que queria procurar um emprego. A irmã lhe propôs que fizesse uma experiência por quinze dias, por coincidência ela estava procurando uma assistente. Leandra não entendia nada de enfermagem ou odontologia, mas o menino que organizava a agenda do consultório e fazia o trabalho de secretário havia se demitido alguns dias antes. Esse foi o primeiro trabalho de Leandra, e era o mais próximo que ela poderia chegar da medicina, já que o sangue a impressionava, paradoxalmente: era capaz de lançar uma granada se algo não a agradasse, como quando ateou fogo na escola, mas não podia ver sangue. A notícia do incêndio me deixou chocada, mas não surpresa. Ninguém se machucou, não chegou aos noticiários, mas o alvoroço rapidamente espalhou o boato para as outras escolas, para os colegas de trabalho de meus pais, para as escolas de meus primos. O fogo foi uma mensagem direta, enviada pela mesma pessoa que empalidecia se cortasse um dedo abrindo um limão.

Leandra alternava um avental com molares sorridentes usando aparelho e um avental de balões em diferentes tons de azul num fundo azul pálido. Costumavam contrastar com sua personalidade e seu jeito de se vestir, sempre contrário a uniformes e grandes marcas. Durante os meses que se seguiram à morte de meu pai, Leandra começou a perder peso como um sabonete que vai diminuindo pouco a pouco. Antes uma adolescente curvilínea, ela emagreceu em questão de semanas. Das três, Leandra era a que mais expressava sua perda: chorava, explodia por nada, de repente parava de falar com minha mãe ou comigo, nunca sabíamos como ela ia acordar. Leandra planava em todas as direções de acordo com seu humor, mas, acima de tudo, estava com raiva. Compartilhava com quem estivesse na sua frente o que lembrava de meu pai, falava dele em voz alta e era a única que dizia o que lhe passava pela cabeça. Ou seja, das três, Leandra era a que tinha o melhor sistema digestivo.

É engraçado como as cartas são tiradas numa família: os atores mudam, mas interpretam os mesmos papéis. Minha mãe, que sempre tinha sido a mais expressiva, naquela época se enfiou em sua concha, e Leandra, que sempre foi mais fechada, mais sarcástica, assumiu o papel de uma pessoa extremamente sincera e verborrágica. Minha mãe e eu nos escudamos no trabalho. Eu me entreguei à sobrecarga de trabalho na faculdade, ao trabalho como assistente no jornal: à negação, claro.

Certa manhã de sexta-feira, Leandra me disse, quando nos cruzamos no banheiro, que ia a uma festa. Mais tarde, na redação, eu conferia algumas correções que meu chefe tinha feito à mão quando minha mãe me ligou no celular para dizer que estava passando para me pegar. Eu disse que não podia, que ainda estava trabalhando, mas seu tom de voz me preocupou. Ela repetiu que me pegaria em quinze minutos para que a levasse até a casa de Fernando, amigo de Leandra. Eu tinha acabado de conhecer um colega de trabalho que estava no jornal havia pouco tempo, chamava-se Julián, tinha um skate e um espaço entre os dentes da frente. Liguei um par de vezes para minha irmã, mas o celular dela estava desligado. Minha mãe também não respondia. Eu tinha falado pouco com Julián, mas gostava dele. Senti que podia confiar nele e lhe disse que achava que havia algo errado com minha irmã; Julián não me perguntou o que era e me disse que não me preocupasse com o trabalho.

Chegamos à casa de Fernando. Minha mãe ficou tocando o interfone até que ele atendeu e disse à minha mãe que Leandra não estava lá, mas ela insistiu. Antes que pudesse responder de novo, um vizinho abriu a porta, minha mãe conseguiu entrar e voltou depois de alguns minutos com Leandra muito bêbada. Quando minha irmã entrou no carro, começou a chorar, disse que estava passando mal. Eu me mudei para o banco de trás com ela, abri a porta, segurei seu cabelo com as mãos e ela vomitou. Chegamos em casa depois de duas paradas em que eu desci para segurar o cabelo de minha irmã. Minha mãe não disse uma palavra. Encontrava-se num estado de grande agitação. Até então, eu achava que havíamos tirado Leandra de uma bebedeira épica, pensei que talvez elas tivessem se falado antes, mas depois descobri que minha mãe tivera o impulso de pegá-la naquele momento. Leandra estava muito bêbada, seu celular estava sem bateria e minha mãe não conseguira confirmar o endereço de Fernando. Eu já tinha levado Leandra lá algumas vezes e sabia como chegar. Minha irmã não conseguia encadear as frases, mais por seu estado de espírito do que pelo álcool. Pensei que elas sabiam de algo que eu não sabia, e falei para minha mãe me dizer o que estava acontecendo. Sua irmã vai te contar, filha, ela me disse, enfática, abrindo a porta do carro, e pela primeira vez em seu luto ao entrar em casa não ligou a televisão no canal de documentários, enfiou-se no quarto e percebi que ligou o rádio na mesma estação de notícias que eu não ouvia em casa desde que meu pai falecera. Levei minha irmã para o quarto, sentei-me na beirada da cama dela e tirei-lhe a franja do rosto; sua testa estava suada.

Ela me disse que só tinha bebido uma cerveja e um mezcal e ficara com sono. Eles iam a uma festa depois, mas minha irmã havia adormecido. Estavam apenas os dois. Leandra achou estranho sentir-se cansada com duas doses, deitou-se e logo sentiu uma mão acariciar suas costas. Ela pediu a Fernando que a deixasse dormir um pouco. Estava se sentindo tonta, mas queria ir à festa, pensou que com um cochilo rápido poderia se recompor. Também estava um pouco desorientada, não entendia muito bem por que se sentia tão cansada, por que diabos ele acariciava suas costas, pensou que alguma comida não tinha lhe descido bem, pensou que talvez estivesse com baixa resistência por ter perdido peso. Minha irmã lhe pediu que não tocasse nela, mas ele não deu atenção, abraçou-a por trás, deu-lhe beijos na nuca, acariciou seus seios por cima da camiseta e tentou tirá-la; ela, cansada e com dificuldade, pediu-lhe por favor que parasse. Ele acariciou seus mamilos por cima da camiseta, ela com pouca força afastou as mãos dele e pediu-lhe que não se equivocasse, que ela precisava dormir um pouco, que não queria nada com ele. Fernando a incomodava, dizia-lhe que ela havia deitado na cama, depois de um tempo ele disse a Leandra que certamente ela era virgem ao mesmo tempo que tentava abraçá-la pelas costas. Ela pediu que ele parasse de tocar nela; Fernando lhe disse que não era fácil porque sabia que ela estava gostando. Minha irmã sentiu náuseas, mas o corpo lhe pesava. Acredita que dormiu alguns minutos quando sentiu uma ereção numa das pernas, e se afastou. Leandra estava de saia. Num gesto rápido, ele moveu sua calcinha e ela sentiu a ereção entre suas nádegas. De repente, ela foi ao banheiro. Ele, da cama, lhe dizia que era a prova de que era virgem. Leandra, com uma energia que não sabia de onde vinha, se trancou no banheiro. Fernando continuou a importuná-la. Leandra ficou trancada no banheiro por um tempo, sentada no chão. Supôs que Fernando estava se masturbando, por causa das coisas que dizia, quando a campainha tocou e ela entendeu que era minha mãe.

Minha irmã não pensava em sair daquele banheiro. Sabia que Fernando ia acabar se cansando e indo para a festa. Sabia que, se ele deixasse o apartamento trancado, ela podia pular a janela da cozinha e sair por uma escada em caracol que levava ao estacionamento. Mas ela estava com medo. Do outro lado da porta, o idiota do Fernando não parava de insistir dizendo que ela era virgem, que ela se vestia de preto como as freiras, que se vestia de um jeito estranho. Dizia Você é muito gostosa para se vestir desse jeito esquisito, você não sabe o que está perdendo, sua tonta, dizia a ela, enquanto minha irmã, no banheiro, se perguntava o que diabos ele pusera no mezcal. Seu corpo estava pesado, sua visão embaçada.

Quando perguntei à minha mãe o que tinha acontecido, ela me disse que agiu por impulso. Pela hora, calculou que eles ainda deviam estar na casa daquele idiota. Minha mãe ficou furiosa, e desde que meu pai tinha morrido, foi a primeira vez que a vi tão presente, como um meteorito incrustado na Terra. Acho que ela caiu do espaço quando pôs o babaca do Fernando no lugar dele e tirou Leandra de lá. Minha mãe sugeriu que Leandra fizesse uma denúncia de abuso, mas ela não quis.

Naquela madrugada, Leandra acordou duas vezes; algumas noites de insônia se seguiram, ela teve dois ataques de ansiedade, incomodava-a ficar presa num elevador, num carro, em algum espaço pequeno, nas festas procurava as saídas, e uma vez me disse que a simples ideia de fazer um exame de ressonância magnética lhe parecia o pior filme de terror. Naquela noite ela me acordou, jogou algo no chão, alguma coisa que tinha pegado, e me perguntou se alguma vez eu já me perguntara como era que minha mãe tinha aquela intuição, de onde vinha. Ela me contou que nosso pai lhe dissera que uma vez, no meio da noite, minha mãe disse que o tio dele tinha acabado de morrer num acidente na estrada para Cuernavaca. Na época, não havia celular. Meu pai, assustado, ligou para a casa da tia para saber como estavam, ela lhe disse que seu tio saíra para pegar a estrada. Pouco depois, sua prima ligou para dizer que ele, seu tio, havia morrido na estrada de Cuernavaca. Em outra ocasião, ela me contou que não existia ultrassom quando Leandra e eu nascemos, e que passou alguns meses pensando que eu ia ser um menino quando uma noite sonhou comigo: "Eu te encontrava num banco de parque com a cara cheia de lama, te limpava. No meu sonho, você era idêntica a como você era aos dois anos e percebi que você era minha filha, acordei seu pai e disse a ele: vai ser uma menina, e você vai ver o quanto ela se parece fisicamente com você".

Na manhã seguinte, enquanto minha mãe tirava folhas secas dos vasos da sala — algo que normalmente era eu quem fazia — e Leandra, com fome, abria os potes para ver se alguma sobra da semana lhe apetecia, perguntei à minha mãe como ela havia tido aquele impulso, a certeza de que devia ir à casa daquele babaca, e Leandra lhe disse o que meu pai tinha lhe contado.

— Eu sei de onde vem isso — disse ela, guardando as folhas secas num pequeno saco plástico —, todas nós, mulheres, nascemos com algo de bruxas para nos defendermos.

— Mas nós é que fomos atrás da Leandra, mãe.

— E quem disse que é só se defender, filha? Embora... sei lá, quando vi a morte do seu tio fiquei com muito medo e não estava defendendo ninguém, então não tenho uma teoria, tudo o que posso dizer é que senti alguma coisa. Quando aconteceu com o tio do seu pai, eu só tive esse pressentimento, foi muito claro, e eu lhe pedi para ligar e perguntar por ele, pra ver se estava bem. Mas infelizmente vi sua morte.

— Como você vê isso?

Leandra não queria mais falar do que havia acontecido na noite anterior, e minha mãe, nessa conversa, nos deu a entender que ela respeitaria a vontade de minha irmã.

— Não sei, da mesma forma que aparecem para você certos pensamentos sem que você os controle, é uma certeza da qual você não duvida.

— E o que exatamente você sentiu ontem, mãe? — Leandra lhe perguntou.

— Isso, um impulso, Lea. Eu vi a hora e sabia que ainda não tinham saído, eu sabia que sua irmã tinha te deixado lá, por isso que liguei para irmos buscá-la.

Minha mãe não queria entrar em detalhes, queria que Leandra se sentisse à vontade para dizer o que quisesse sempre que quisesse, mas queria se certificar de que naquele momento estivesse bem.

— Tive um impulso como acho que qualquer mãe tem quando sua cria está em perigo.

Naquela tarde, Leandra e eu saímos para comer juntas como não acontecia havia tempo. Fomos comer tacos, Leandra comeu mais do que eu. Achei que era uma reação vital. Andamos por uma rua onde havia vários comércios: uma mercearia, uma tabacaria, algumas lojas de roupas, uma loja ortopédica que parecia ter parado nos anos 1970, e várias outras. Leandra parou em frente a uma loja de discos, e comentamos algumas das capas expostas. Ela costumava prestar atenção quando havia algum desenho, alguma cor que lhe parecesse chamativa, e sabia quem fizera algumas capas. Minha irmã comprava discos pela capa, coisa que eu nunca havia feito, e eu diria que seu gosto musical tinha muito a ver com o visual. Leandra conhecia ilustradores, fotógrafos e artistas envolvidos nas capas, e o pouco que eu sabia era por seu intermédio. As capas nunca me chamaram a atenção, eu nem me importava em ter os discos físicos.

Isso também se notava em nossa forma de nos vestir. Leandra tinha estilo desde muito jovem. Naquela época, ela quase sempre usava preto — jeans pretos, saias pretas, camiseta ou suéter de algodão de gola careca preto e botas pretas. Tinha umas cinco bolsas feitas à mão por diferentes comunidades. Lembro-me de uma bolsa *wayuu* de cores fosforescentes que uma colega de trabalho de minha mãe lhe trouxera da Colômbia depois de uma longa conversa que tiveram em casa sobre as coisas feitas à mão, e uma bolsa de lã crua tecida por uma comunidade de mulheres zapatistas. Tinha algumas roupas estranhas que ela sabia como usar, como uma túnica cinza que parecia um enorme saco de lixo que ela punha com um cinto preto; tinha um quimono chinês bem antigo que ela gostava de usar com um blusão africano que comprara de um vendedor ambulante no centro da cidade, uma saia amarela de Oaxaca que usava como vestido curto, e a verdade é que poderia ter usado uma toalha ou uma cortina com aquele cinto preto com o qual dava forma ao que pusesse, porque Leandra vestia o que quer que fosse toda confiante.

Fazia comentários contra as corporações transnacionais, os enormes monopólios que mantinham os funcionários em condições de trabalho precário e sub-humano. Não comprava nada nos grandes magazines, e se minha mãe ou eu fizéssemos isso, podíamos ter certeza de que ouviríamos um longo discurso de Leandra sobre como tratavam os trabalhadores naqueles locais, crianças e adolescentes fazendo roupas em série dentro de grandes navios. Meu pai não se interessava por roupas, e de qualquer forma Leandra não tocava nesse assunto com ele. Meu pai nunca fez nenhum sermão sobre roupas, mas eu lhe contava e ele respeitava a postura de minha irmã, embora lhe parecesse radical.

Não era raro que alguém perguntasse a Leandra onde tinha comprado algo, pois ela costumava conseguir as coisas em lugares pouco comuns entre os adolescentes. Mesmo que fosse um suéter preto de lã, era muito provável que Leandra tivesse comprado os novelos e pagado uma quantia justa a uma associação de tricoteiras para fazê-lo sob medida. Eu prestava pouca atenção nas roupas, gostava de cores claras e neutras, e se visse algo numa loja e pudesse, comprava, mas não era uma coisa que me interessava muito. Leandra, como minha mãe, gostava de se arrumar, eu não via problema nenhum em usar uniforme, e acho que meu pai de alguma forma tinha feito seu próprio uniforme com duas ou três variantes cromáticas.

Aos dezesseis anos, Leandra se vestia principalmente de preto. Ela sempre gostou de figuras geométricas, de bolsas feitas à mão. Gostava muito de cores chamativas de batom e quase sempre estava com os lábios pintados, como minha mãe. Da mesma forma que, aos sete, ela gostava muito de canetas coloridas: tinha uma coleção de papéis de carta de diferentes tamanhos que começara a fazer nos escritórios dos meus pais. Embora os colecionasse, não gostava de escrever cartas, nem de escrever em geral, e seus cadernos escolares serviam para desenhar figuras geométricas. Ela gostava de estampas pequenas de animais, especialmente de gatos. Aos sete anos, dizia que se fosse um animal teria sido um gato, e ria dizendo que eu teria sido um cachorro. Quando criança adorava papelarias, ficava fascinada com o cheiro de cadernos novos encapados com plástico, embora a aborrecesse tudo o que eles continham e a razão pela qual os cadernos existiam, e também as escolas e o sistema educativo. Um dia, já na quarta escola que frequentou, ela me disse O problema, Zoé, não é Jesus Cristo, está tudo bem com ele; o problema são os cristãos — dizia-me a mesma pessoa que me implorou para fazer a primeira comunhão —, o mesmo acontece com as escolas, o problema não é a educação, são os professores que nos tratam como se não tivéssemos cérebro.

Uma vez, quando tinha uns catorze anos, ela me disse com muita segurança que um dia faria uma tatuagem, assim que pudesse, porque meu pai nos pedira para não fazermos nada até os dezoito. Sua primeira tatuagem foram três retângulos com as cores primárias, em seu aniversário de dezoito anos, e quando lhe perguntei se o desenho significava alguma coisa, ela me disse Mas por que as tatuagens têm que significar alguma coisa? Ficou bem legal, não?

Lá pelos quinze anos, Leandra adorava ver todos os tipos de formas e cores, e ficava muito tempo olhando para elas; pensava que algum dia ela mesma poderia desenhar algo. Os livros não a interessavam de maneira alguma. Uma vez abriu um deles numa livraria, leu a primeira página em voz alta e me disse Não entendo por que você gosta disso, mana, quem diabos fala assim? Nos museus, quanto mais abstratas e interessantes as composições de cor, mais lhe chamavam a atenção. Se a imagem pendesse do fio de alguma história, Leandra destruía esse fio com uma frase cortante. Na verdade, ela adorava destruir argumentos como se cortasse as cordas das marionetes no teatro, e esse era, em parte, o problema que costumava ter com as autoridades. A imagem, e apenas a imagem, era o que a interessava. Comigo acontecia o contrário, às vezes eu ficava um pouco mais de tempo lendo as placas nos museus do que olhando as imagens. Como diz Feliciana, as irmãs são tudo o que não somos. Naquele dia em que entramos na loja de discos, Leandra me perguntou se eu acreditava que um dia ela desenharia ou faria algo que um desconhecido olharia casualmente numa loja como nós fazíamos naquele momento, e que além disso gostaria e comentaria com a pessoa que o acompanhava.

Pouco depois de completar quinze anos, ela raspou a cabeça.

Foi a um cabeleireiro, pediu um corte militar. Quando minha mãe a viu, disse que não importava como ela cortasse o cabelo, ficaria bem de qualquer jeito. Meu pai sentiu isso como uma agressão, uma raiva contra o mundo, mas comentou comigo apenas algumas semanas depois que seu cabelo tinha crescido um pouco. Leandra percebeu que meu pai guardou sua opinião para si, e lhe disse uma noite na garagem, com suavidade, enquanto ele lubrificava uma peça de um carro sob uma pequena lâmpada, que o cabelo comprido não precisava estar associado ao feminino, que ele podia assumir muitas formas. Meu pai lhe deu um beijo, disse-lhe que ela podia fazer o que quisesse. Eles se comunicavam menos, mas tinham uma boa conexão silenciosa, como dois caracóis.

Leandra, como meu pai, gostava mais de espaços que de coisas. Odiava fazer compras em lojas, tinha suas opiniões contra o capitalismo, e às vezes era como sair às ruas com um pregador que não fechava o bico e era melhor deixá-la em casa. Mas quando entrava nas lojas, ficava mais interessada em como estavam dispostas as coisas nas araras do que nos objetos que eram vendidos ali. Ela gostava de cafeterias velhas, prédios antigos, barracas de flores e frutas, passava algum tempo nesses lugares e, mesmo que não comprasse nada, mantinha conversas amáveis com as pessoas. Tinha a mesma facilidade de conversar com as pessoas que minha mãe tinha, e a mesma habilidade manual de meu pai, que contrastava com o jeito contundente, cortante e sincero que ela podia assumir se algo não lhe parecesse justo. Leandra não gostava de presenciar nenhuma arbitrariedade despótica, não gostava de presenciar comportamentos classistas, racistas, xenófobos, nenhum gesto que deixasse alguém em desvantagem ou que fosse opressivo. Essa era uma maneira de fazer aflorar seu lado mais violento, a raiva que a levou aos treze anos a provocar o incêndio na terceira escola de onde a expulsaram.

Leandra tinha um histórico de mau comportamento, e embora parecesse uma adolescente muito problemática, acho que algo no fundo de seu jeito de ser dava aos meus pais a certeza de que ela encontraria seu lugar. Como gostava de figuras geométricas, começou a tirar uma série de fotografias das formas que encontrava nas ruas com uma câmera que meu pai lhe deu depois do incêndio. Também gostava de ver como as pessoas varriam a rua. Perto de onde morávamos havia uma mulher que toda manhã varria a calçada na porta de casa com um rádio nas alturas, varria apaixonadamente, cantava e esfregava com um balde de água ao lado. Uma vez ela tirou uma série de fotos dessa mulher e depois me disse Olhe, mana, as formas que ela faz no chão com os círculos de água, de acordo com a música que toca no rádio. Leandra sempre teve amigos, fazia amigos onde quer que fosse. Lembro que uma vez ela desceu do carro para comprar café e voltou dizendo que tínhamos uma festa para ir, que a pessoa atrás dela na fila a convidara para uma festa naquela noite. De nós duas, Leandra foi a que sempre teve e conservou um grande grupo de amigos, não importava que durasse cinco minutos numa escola, eram suficientes para ela sair de lá com planos e a garantia de futuros convites, mas aos treze anos, depois do incêndio, começou a passar mais tempo com a câmera analógica que meu pai havia lhe dado.

Leandra odeia seus aniversários. Nesses dias, sempre a ouço pedindo para não a parabenizar, ela não gosta do bolo, odeia o "Parabéns pra você", diz que o "Happy Birthday" nos ridiculariza como espécie. Começou a odiar festas de aniversário lá pelos dez, onze anos. Acha que são cafonas. Em geral ela mente, muda a data de seu aniversário em dois, três dias, para que, se alguém a cumprimentar, o faça no dia errado. Nas fotos que minha mãe tirava nas festas, Leandra aparece como se estivesse sendo forçada, como meu pai, que detestava que tirassem fotos dele. Preferia tirá-las ele mesmo, como Leandra.

Eu adorava film noir e jornais sensacionalistas. Leandra achava os filmes de terror engraçados. Mas, na realidade, éramos opostas na vida diária. Leandra tinha nojo de sangue e eu me assustava facilmente. Ela não era puritana, eu era. Se havia algo de que se orgulhava era seu corpo, fosse com excesso de peso na infância ou na adolescência; eu passei pela adolescência cheia de vergonha. Leandra usava o banheiro com a porta aberta e se, ao passar por ali, eu fizesse algum comentário, ela me repreendia por ter passado. Na época em que perdeu peso de repente, uma vez desmaiou. Eu não estava com ela quando aconteceu, mas por algum motivo a força que Leandra tinha não parecia combinar com a fraqueza física ou com a vulnerabilidade, e nisso ela se parecia com meu pai. Apesar do que aconteceu, Leandra levou na esportiva o péssimo episódio com o imbecil do Fernando. No dia seguinte, quando fomos comer tacos e passear pelas ruas, ela me demonstrou com sua atitude que desejava sair daquilo fortalecida.

Naquela tarde em que caminhamos sem rumo, ela ia me dizendo algo sobre um enorme edifício na avenida Insurgentes todo pichado, sujo, abandonado, com os vidros quebrados; dizia que era um grande pássaro com as asas curtas, um edifício incômodo entre todos os outros funcionais. Mas isso acontece até nas melhores famílias, Zoé. Leandra gostava dos prédios antigos, das fachadas danificadas, das janelas sujas, das portas maltratadas, das ferragens carcomidas pelo tempo. Ela gostava dos prédios dos anos 1970 do DF. Os mosaicos coloridos dispostos em padrões aparentemente aleatórios nos saguões, nas portas de metal, nas ferragens, as enormes janelas dos apartamentos amplos, o sol da tarde abrindo espaço entre as cortinas. Leandra me disse que tinha muita curiosidade pela cidade em que nossos pais foram jovens. Alguns dias depois do episódio com Fernando, começou a tirar uma série de fotos de prédios dos anos 1970, talvez como uma forma de homenagear meu pai. Afinal, ele havia lhe dado a câmera, tinha percebido algo antes dela.

Meu pai tirava fotos de coisas, casas, lugares, de carros abandonados, de pontes, mas quase nenhuma de pessoas. Se alguém aparecesse nas fotografias, era mais como um acidente, algo inevitável, assim como uma árvore ou uma pilha de tijolos poderiam se infiltrar na imagem em outros álbuns de família. Nos nossos, havia fotos que meu pai tirava de espaços e fotos nas quais apareciam pessoas, que eram as poucas que minha mãe tirava ou polaroides que costumava comprar de fotógrafos em eventos. Nesse sentido, o tipo de fotos de que eles gostavam era uma tradução do jeito de ser de meu pai e minha mãe. Para ela, se as pessoas não aparecessem sorrindo na foto, era preciso repeti-la, abraçarem-se, saírem todos.

Leandra começou aquela série de fotografias de edifícios dos anos 1970 porque achava que tinham certa lógica, pois imaginava que meu pai havia andado por ali. Encontrou os prédios de que achava que meu pai teria gostado tanto quanto ela, como um jogo com guardanapos e canudos que uma criança inventa para se divertir numa mesa de adultos. Tirou várias fotos. Portarias sem porteiro, espaços onde talvez décadas atrás havia uma mesa, uma cadeira e uma pequena televisão preto e branco mal sintonizada. Entradas com plantas artificiais e algumas pessoas circulando por lá. Hoje aqueles prédios dos anos 1970 me fazem pensar mais em Leandra do que em meu pai; ou melhor, em como Leandra via meu pai.

Entre o ensino médio no supletivo e o trabalho como assistente da dentista, com aqueles aventais que a faziam parecer outra pessoa, Leandra tirava essas fotos, as revelava e às vezes me perguntava o que eu achava delas. Eu não sabia se ela ficava intrigada com o que estava acontecendo dentro daqueles lugares, atrás daquelas cortinas meio fechadas, atrás das janelas, que era o que me deixava mais curiosa. Ela me disse que nunca tinha pensado nisso. E acho que essa era uma das coisas que nos tornava diferentes quando éramos adolescentes e ainda nos diferencia agora.

Essas eram algumas das coisas de que Leandra gostava. Por outro lado, ela não gostava das casas dos anos 1980 com as fachadas rebocadas, de edifícios modernos tipo caixas de sapato brancas, de bancos e farmácias porque lhe pareciam visualmente horríveis. Qualquer espaço que mostrasse desperdício, que fosse ostensivo ou cheio de luxos, para Leandra parecia desprezível. Havia uma farmácia no centro na qual de vez em quando ela ia buscar frascos de vidro marrom de vários tamanhos, como os que eram usados nas antigas drogarias, e assim diferenciava suas coisas das minhas no banheiro que dividíamos. Fazia séculos que aquela farmácia tinha o mesmo sistema de arquivos para organizar os pedidos e havia longas filas para pagar. Ela gostava de lá porque eles vendiam essências e óleos naturais, e outras bases como glicerina e álcool com os quais ela mesma fazia suas máscaras, sabonetes, perfumes e xampus. Uma vez, perguntei como havia feito um perfume delicioso, e muito sorridente ela me disse Que se fodam as empresas, maninha, não vamos todas ter o mesmo cheiro, que eles fiquem sabendo que não somos manequins em série, quem teve essa porra de ideia?

Ela não gostava, jamais gostou, das primeiras páginas dos jornais sensacionalistas em que costumava haver um morto numa poça de sangue sob uma manchete espirituosa, não gostava de que falassem de algum acidente espetacular, e ficava abalada se alguém entrasse em detalhes sobre doenças ou acidentes que envolviam sangue. Quando encontramos meus pais no hospital, antes da segunda parada cardíaca que tirou a vida de meu pai, uma enfermeira deixou aberta uma bolsa plástica e um líquido amarelado caiu no chão, não estava claro se eram fluidos de meu pai ou se era algum remédio, mas Leandra saiu por um momento, estava muito ansiosa. Leandra odiava sangue. Comer embutidos foi algo que meu pai me ensinou, algo que compartilhávamos, e fico contente de ver como Félix enfia na boca pedaços de linguiça, que meu pai gostava de fazer grelhadas aos domingos, e tenho certeza de que, se ele estivesse aqui, compartilharia feliz com o neto.

Quando criança, Leandra não gostava de ratos, tinha medo deles. Enquanto era capaz de fazer um coquetel molotov no banheiro de casa para defender uma ideia, um rato a tirava do prumo. Não podia nem ver ratos, mas gostava de cobras e aos onze anos pediu de presente uma cobra-de-água que às vezes ela soltava à tarde no quarto, quando eu não estava, porque eu tinha nojo, apesar de sua atitude de cobra aposentada. Ela não gostava de roedores nem de baratas, mas ficava fascinada com os movimentos da cobra quando o bicho serpenteava pelo tapete do quarto, e se divertia apresentando obstáculos dos quais ele escapava.

Quando adolescente, eu gostava de ler histórias de terror e o suspense me divertia. Leandra não abria um livro por prazer, mas tinha memória boa para as falas dos filmes de que gostava. Uma vez, recitou de memória para mim o famoso monólogo da adolescente possuída em O exorcista, e ficava rindo, dizia aquilo como se ela mesma estivesse possuída, se divertia muito quando tinha oportunidade de dizê-lo. Essa memória prodigiosa de Leandra me surpreende quando ela começa a falar comigo sobre algum dia em particular do passado remoto; menciona referências que eu deletei, entra em detalhes, como, por exemplo, o enredo de filmes a que assistimos quando meninas e dos quais não lembro nem o título nem a história nem nada. Passei por uma crise com Manuel em que nos separamos por alguns meses antes de Félix nascer. Fui à casa de Leandra morar com ela e Tania, sua parceira, e a primeira coisa que ela me disse, enquanto tomava uma cerveja na noite em que cheguei, foi Tinha esquecido que você é hétero, mana, é por isso que você tem esses problemas conjugais. Se algo me surpreendeu naquelas longas conversas que tive com minha irmã foi a facilidade que ela tem de lembrar o que for, por mais insignificante que seja.

Ela começou a ver filmes de terror quando éramos crianças. Em minha casa, ninguém se interessava muito por esse gênero. Meu pai gostava de filmes biográficos, históricos, enquanto minha mãe era maleável para ver o que qualquer um de nós quisesse. Certa vez, na escola, várias crianças comentavam um filme sobre um cemitério de animais de estimação que Leandra não tinha visto, e todas elas se revezavam contando-lhe a história. Ela voltou fascinada e me contou como os bichos reencarnavam satânicos depois de terem sido enterrados naquele cemitério. E mesmo depois de passado esse tempo, quando ela perdeu de vista a cobra-de-água, meu pai lhe disse que o animal provavelmente estava enroscado em algum objeto em nosso quarto. Leandra não saiu do lado de meu pai até encontrar a cobra enrolada numa das pernas de sua cama. Enquanto eu tocava bateria, ela muitas vezes se trancava no quarto para desenhar. Não sei bem quando, mas lá pelos onze anos começou a gostar de um amigo seu que se chamava Lalo. Leandra não lhe disse nada, mas uma noite me contou, as duas já na cama, que ele ia com seus pais todo fim de semana para Tepoztlán e que se afastava com a filha de um dos amigos deles e os dois experimentavam tudo o que Leandra nunca tinha pensado que poderia acontecer entre dois adolescentes. Acredito que as histórias de seu amigo foram o que despertou em Leandra algo que ela mesma até então não havia sentido, os primeiros hormônios em ebulição.

Na manhã seguinte, enquanto escovávamos os dentes, ainda com pasta de dentes na boca, ela me disse E eu não te contei tudo, mana, ele me disse que eles tomaram banho juntos, PELADOS, Zoé, tomaram banho juntos. Seus pais tinham saído para jantar com outros casais, eles ficaram nadando e, como não havia ninguém, tinham tomado banho juntos, ELES TIRARAM O MAIÔ E O CALÇÃO E TOMARAM BANHO, mana. E Leandra, então com onze anos, ficou abalada, e eu também.

    Sem dizer nada para mim ou para meu pai, tinha pegado algumas fotos que ele guardava numas caixas brancas, as fotos que ele havia tirado ao longo dos anos, e escrevera uma carta para Lalo numa das folhas que colecionava. Dava-lhe de presente o Zippo furta-cor que ela sempre levava na mochila. Lalo fumava e minha irmã tinha certeza de que o objeto seria mais útil para ele. Lalo recebeu a carta e deixou de falar com Leandra. Um dia, alguém lhe disse que ele tinha zombado dela por ter feito uma colagem de fotos de espaços vazios que lhe pareceram bruxaria, além de ela ter declarado seu amor. Ela só me disse Já não tenho mais um Zippo nem um amigo, mana, acho que é disto que se trata o amor: um dá tudo e o outro, como se não fosse nada, fica com tudo. Alguns dias depois, Lalo devolveu a carta e o Zippo furta-cor. Essa foi uma das poucas vezes que Leandra ficou de coração partido. Mesmo depois do desagradável episódio com aquele idiota do Fernando, minha irmã encontrava maneiras de transformar um momento de fraqueza em força.

    Lalo tinha uns catorze anos, e Leandra não voltou a procurá-lo depois que ele lhe devolveu o Zippo e a carta. Chegou aos seus ouvidos a fofoca de que ele se gabava de suas conquistas, entre as quais minha irmã aparecia como uma a mais. Leandra começou a sair com um vizinho de quem ela gostava, que era atencioso, estava apaixonado, mas ela não fazia muito caso dele. Posso dizer que minha irmã entendeu cedo como queria ser tratada num relacionamento. Começou a namorar muito antes de mim; meus pais se comportavam à moda antiga diante da novidade, algo que não esperávamos, por causa de seu jeito liberal de ser. Meu pai, a partir de então, estabeleceu horários para voltar para casa que tínhamos de cumprir.

Naquele dia em que saímos juntas, passei uma tarde feliz com Leandra. Mas meu coração ficou pequeno quando percebi que ela ficou muito tempo debaixo d'água durante o banho naquela noite, talvez relembrando o episódio com o babaca do Fernando.

11.

Nas crenças antigas, a curandeira não deve ter contato sexual com os homens, quem ingere os cogumelos não deve ter contato sexual por cinco dias antes e cinco dias depois da velada, os que querem fazer isso têm que ficar sete dias e sete noites sem contato sexual. Eu não comi cogumelos durante meu casamento com Nicanor porque eu não queria que Nicanor pensasse que eu era uma bruxa e porque essa condição sexual deve ser fielmente cumprida. No fim do primeiro ano depois que fiquei viúva eu já estava limpa, não tinha marido nem homens e me deu um mal do quadril que dois curandeiros não conseguiram aliviar, então resolvi ir até o monte entre San Juan de los Lagos e San Felipe, onde meu pai me levou antes de morrer, ali mesmo onde eu ia com minha irmã Francisca pra cuidar dos cordeiros e dos bodes, lá encontrei os mesmos cogumelos que Gaspar, que já era Paloma, tinha acariciado com a suavidade com que acariciava as coisas como se fossem flores que a gente até desejava ser acariciado assim porque eu nunca tinha visto aquela suavidade e ainda menos na hora de acariciar alguma coisa, pra não dizer uma pessoa, assim como Paloma acariciou os cogumelos pra dar pra minha vó Paz na noite em que curou ela. Peguei com cuidado vários casais de cogumelos, porque os cogumelos se comem assim, em dupla, e assim como nas uniões têm que ser casais bem-amados pra um dar força pro outro, e eu arranquei os cogumelos com suavidade como se fossem dentes-de--leão entre os arbustos e tratei eles com cuidado como se eles fossem se desmanchar e se espalhar com o vento se eu não apanhasse com suavidade, e lembrando de como Gaspar, já Paloma, tinha levado os cogumelos eu falei com eles, pedi a Deus pra me ajudar a escolher, foi assim que eu peguei eles em dupla porque eu sabia que eles eram comidos dois a dois, e fui me curar sozinha numa velada que fiz quando minha irmã Francisca, minha mãe e meus filhos dormiam. Minha mãe ainda estava lá com a gente. Eu pensei Se essa noite eu me curar sozinha, posso curar todas as gentes, porque é assim com tudo, primeiro a gente, depois todas as gentes, o que tu podes fazer nas águas profundas por ti podes fazer com todas as gentes. E se eu pudesse fazer algo pro povo, então as bênçãos do meu vô Cosme iam acontecer comigo e eu podia dar as bênçãos pro povo.

    Mas então eu nem imaginava que ia poder parar de trabalhar porque na casa a gente tinha fome e éramos muitas bocas, ensinei meus filhos a criar bichos-da-seda, como minha irmã Francisca e eu fazíamos com meu vô Cosme, e embora a gente já tivesse perdido aquelas mercadorias, eu sabia que a seda sempre se vende bem. Minha mãe e minha irmã Francisca cuidavam da *milpa*, do café, das abóboras e dos feijões que a gente plantava. Eu fazia de tudo, mas meu filho Aparicio tinha bicho--carpinteiro no corpo, não parava de mexer em tudo, tinha bicho-carpinteiro no corpo talvez porque fosse o homem da família desde a morte do Nicanor, e dizem que o menino percebe que vem de uma família de mulheres, porque a gente era sim simples mulheres, e como um bicho-carpinteiro o menino andava de lá pra cá pra ver se conseguia escapar pra uma família de homens, acho. Minha irmã Francisca e eu éramos obedientes, curiosas mas obedientes, minha irmã Francisca me seguia aonde eu ia, então aonde eu ia ela ia atrás, mas ela era mais tranquila que eu; e quando nasceu meu filho Aparicio, porque ele nasceu inchado, estrilando e cabeludo até na bunda, porque nasceu como um potro peludo, percebi que aquele menino ninguém ia conseguir fazer ficar parado, então cavei um buraco do lado da *milpa*, um buraco fundo na terra eu cavei do lado da *milpa*, e eu deixava ele lá pra gente poder trabalhar em paz até ele ter idade suficiente pra entender que ele também tinha que trabalhar como nós. Lá eu jogava uma tortilha, depois outra se ele gritasse de novo, e suas irmãs iam lá acalmar se ele não ficasse quieto. Eu teria cavado três buracos do lado da *milpa* se minhas filhas não me deixassem trabalhar, mas Aniceta e Apolonia eram bem tranquilas, assim como minha irmã Francisca, quando elas eram pequenas. E depois Paloma deu maquiagem com brilho pra Apolonia, mas se existia uma coisa lá em casa era trabalho, e o trabalho é muito quando existe fome e também muitas bocas e a gente não podia se dar ao luxo de ter filhos inquietos porque as crianças inquietas aqui perturbam muito a gente. É por isso que eu digo pras minhas filhas, as crianças da cidade estão acostumadas que façam as coisas do seu tamanho, como se o mundo fosse do tamanho das suas mãozinhas, mas no campo as crianças não têm escolha a não ser fazer suas necessidades no mesmo buraco que os adultos e suas mãos fazem o mesmo trabalho que as mãos de toda a gente fazem, porque o mundo das gentes é de fome e trabalho.

    Minha filha Aniceta começou a fazer velas de cera pura de abelha que ela fazia em pares pros pavios penderem nas cordas amarradas nos pregos que ela punha na casa de um lado a outro, e Apolonia cultivava a seda. Desde que começou a crescer a gente via que Aniceta ia mudar o comportamento dos homens, mas ela não ficava deslumbrada e gostava de trabalhar, como minha irmã Francisca. Começou a fazer velas de cera pura de abelha, minha menina, de todos os tamanhos em pares pros pavios penderem das cordas, algumas velas ela tingia com cochonilhas e casca de árvore da ravina, aquela mão pra corantes ela herdou da vó, eu dizia pra ela isso tu herdaste da tua vó Paz que fazia pra nós as roupas e os corantes de anil e casca de árvore, tua vó Paz tinha duas mãos direitas pras roupas, assim como minha mãe tinha mãos pra bordar, minha filha Aniceta fazia umas velas e uns círios lindos que logo os padres, as religiosas e as mulheres com muitas moedas começaram a comprar na igreja, pros seus altares e suas orações. Foi ela quem começou a contribuir em casa, com as velas de cera pura de abelha que ela fazia de todos os tamanhos.

 Consegui curar meu quadril e soube que se eu conseguia comigo também ia conseguir com todo mundo, mas eu ainda não tinha O Livro, ainda não sabia do que A Linguagem era capaz, porque a gente não sabe do que é capaz até que Deus fale, como me falou, Feliciana este é o teu caminho. Dizem que depois da hora mais escura da noite é quando o sol nasce no seu monte, e foi assim que comecei com as veladas, depois que curei meu quadril, mas pra mim o sol saiu do seu monte quando minha irmã Francisca ficou ruim, até então eu não sabia do que A Linguagem era capaz. Depois que me curei sozinha do quadril, eles me traziam uma pessoa doente, o parente me pedia uma cura e eu fazia ela com ervas, com sete velas de cera pura de abelha que minha filha Aniceta fazia, eu curava com rezas, ervas e com minhas mãos também aliviava. Com as mãos e as orações eu sabia onde estavam os males das gentes, assim eu curava elas com minhas ervas benzidas do monte segundo os males do povo.

Paloma espalhou a notícia, me trouxe um velho com neblina na vista, no começo me traziam velhos. Paloma tomava aguardente e me dizia Feliciana, meu amor, Deus dá pros pobres as ervas e os cogumelos pra remediar os males, são mais poderosos do que os hospitais nas cidades, que só querem as moedas do povo. Paloma me ensinou a falar com as ervas no monte, ela ia comigo e com um sorriso e suas graças ia me dizendo como as ervas se pareciam com os homens e como os tipos de cogumelos se pareciam com as noites com os homens, foi Paloma quem me ensinou a benzer as ervas e os cogumelos.

Curei algumas doenças do corpo dos velhos que vinham chegando pra mim, ainda não sabia que podia curar as enfermidades da alma. Aí então vinham pouco, muito pouco vinham as pessoas pra me ver. Paloma sabia ler as cartas do baralho e assim sabia o futuro do amor e das querências, as pessoas procuravam ela quando tinham problemas do coração, como ela era gentil e fazia as pessoas rirem, iam ver Paloma quando queriam saber seu futuro, ela também dava conselhos pra elas sobre as noites e as águas profundas com os homens, ela já não era mais curandeira, ela dizia sou a Bruxa Vermelha, meu amor, e assim com a boca pintada de vermelho soltava uma gargalhada.

Eu fazia minhas veladas com ervas bentas e às vezes com cogumelos, mas mais com ervas, fazia minhas preparações de ervas e Paloma me dizia Feliciana mas tu pareces um burro sem rédea, traz isso aqui, tens que pôr menos disso, menos daquilo, mais desse outro, meu amor. Paloma e eu fazíamos as misturas em baldes e provávamos. A gente fez misturas medicinais que Paloma chamava de Vinho, faz mais Vinho pros males do estômago, Paloma me dizia, faz mais Vinho pros males da cabeça, faz mais Vinho, Feliciana, pros males dos membros, e ela fez um Vinho pra desinflamar o fígado que foi bem recebido pelo povo que gostava de aguardente. Todos os Vinhos funcionavam, as pessoas vinham por causa deles. A gente dos vilarejos é curada assim desde nossos antepassados, mas Paloma e eu nos demos bem com os Vinhos porque eram ervas benzidas, porque Paloma tinha mão pra escolher as ervas e misturar tudo, poderosas e abençoadas.

Pra fazer os Vinhos a gente misturava as ervas benzidas em baldes com álcool, e dependendo do que a gente precisava, hortelã, sálvia, arruda, erva-de-cheiro, o que fosse preciso, a gente ia atrás enquanto Francisca ficava com Aniceta, Apolonia e Aparicio. As pessoas vinham porque alguém dizia pra elas que eu vinha de uma família de curandeiros homens, mas não vinham me ver, não chegavam perguntando onde está a Feliciana?, me diziam você vem de uma família de curandeiros e disseram pra gente que pode curar meu doente. Outros vinham porque sabiam que eu fazia Vinhos com Paloma, e diziam ela é homem mesmo que seja *muxe*, e faz os Vinhos porque é de uma família de homens curandeiros. Passaram muitas chuvas antes das pessoas lembrarem do meu nome e me procurarem. Eu dizia pra elas sou xamã, venho de uma família de homens sábios, mas sou mulher e me chamo Feliciana e sou conhecida nos céus porque Deus me conhece, eu sou mulher que cura porque A Linguagem é minha.

Eu podia dizer que já tinha começado como curandeira com A Linguagem porque isso a gente também traz nas águas profundas, porque eu já sabia das ervas e como falar com elas, como fazer os Vinhos pra curar os males do corpo, mas meu nome ainda não tinha viajado pelos ventos e eu ainda não tinha O Livro. Isso aconteceu no dia que minha irmã Francisca ficou doente com muita gravidade, aí é quando o vento fez meu nome crescer porque o vento multiplica. Ela acordava, levantava da esteira, ia pra plantação de café, pelejava com o trabalho e desaparecia no cafezal, então minha filha Apolonia gritava pra mim a tia desmaiou e eu saía, Aparicio ficava chorando no buraco de terra até que Apolonia levasse água pra ele ou pegasse ele no colo pra balançar. Francisca começou a desmaiar mais vezes, fazia um tantico de esforço e já caía, mas não quis fazer caso disso, não deixava seu corpo descansar nem dizia nada pra gente. Uma vez meu filho Aparicio armou o maior berreiro, uma gritaria que parecia um porco num matadouro pra gente tirar ele do buraco de terra onde ele ficava todo dia pra gente poder trabalhar a *milpa* e a semeadura, e eu vi que minha irmã Francisca desmaiou, vi como ela caiu como uma fruta podre. Disse que estava chegando a madurez da mulher, mas olhei pra ela e disse Francisca é muito cedo pra isso, ela disse que o ventre dela estava encolhendo e secando como uma noz, que tinha murchado porque ela não tinha filhos, dizia que Deus lhe dava as doenças porque ela não tinha filhos, ela ignorou aquele desmaio e disse isso acontece com as mulheres que não têm filhos porque é a vontade de Deus secar seu ventre como uma noz, e continuou trabalhando, mas cada vez desmaiava mais até que um dia não conseguiu levantar de manhã. Não tinha energia, ia escorrendo dela como a água que escorre das mãos.

 Eu já tinha me curado do quadril, tinha curado uns velhos que vinham me procurar pelos Vinhos e as rezas porque venho de uma família de curandeiros que fizeram bem pras pessoas e a palavra se espalhou porque eles eram homens sábios e pensavam vamos com ela porque é parente dos curandeiros, mas era tão ruim ver minha irmã Francisca com os olhos fundos, as órbitas como cabaças pretas, que fui procurar Paloma pra ela vir curar minha irmã Francisca porque pensei ela sabe, Paloma curou minha vó Paz. Então encontrei Paloma se vestindo de *muxe*, tinha cabelos pretos que eram bem brilhantes quase azuis de tão brilhantes que eram os cabelos de Paloma, e ela punha uma fivela no mesmo lado que tinha a cicatriz da sobrancelha. Essa fivela eu botei nela no dia do funeral que foi como uma festança, com gente vindo de todos os lugares porque todo mundo gostava da Paloma, todos amavam ela por toda parte, e eu botei a fivela nela porque ela gostava de usar desse lado, ela dizia Feliciana as cicatrizes a gente exibe, não esconde, porque eu tenho orgulho das minhas baixas, e punha a fivela daquele lado porque gostava de ser vista daquele lado, a fivela chamava o olhar pra cicatriz que Paloma tinha na sobrancelha, era seu chamado pra sua ferida, e com sua voz suave que parecia que ela acariciava as coisas e como eu me lembrava do Gaspar acariciando as coisas com o toque dele e as covinhas das suas bochechas quando ele dizia as palavras porque sua voz nos ouvidos também acariciava a gente, tinha uma voz brilhante como seu cabelo azul de tão preto, assim como a noite fica azul de tão preta que ela é, ela estava se preparando pra uma noitada em outro vilarejo, um baile que é feito faz muito tempo, cheio de comidas e danças, e ali fazem a coroação da Rainha Muxe. Paloma estava reluzente naquela noite e me disse Feliciana e aí, meu amor?, estou ficando linda pra acompanhar minhas amigas, me diz o que te trouxe aqui meu bem tu estás branca que nem farinha. Estava passando uns brilhos azuis nos olhos, uns brilhos como aqueles que ela segurava nas mãos quando Guadalupe encontrou ela e veio me dizer mataram Paloma ali, ali na frente do espelho está Paloma e naquele espelho onde eu vi ela duas vezes morta e parecia duas vezes viva, fui lá ver Paloma pra dizer me ajuda com a doença grave que minha irmã Francisca tem. Em San Felipe não tinha muitas *muxes*, agora tem mais, mas naquela época Paloma foi uma das primeiras a ir lá onde se reuniam as *muxes* de todos os povoados pras suas festas. Eu nunca tinha visto ninguém tão sensual como Paloma, seu cabelo azulado de tão preto tinha seus brilhos, sua pele morena tinha seus brilhos, era um prazer olhar pro rosto dela, era como olhar a noite sem nuvens. Seu olhar mudou de quando era Gaspar, Paloma tinha o olhar mais feliz, sua pele e seus brilhos tinham seu espírito de menino que tratava tudo com carinho, com sua voz suave. Eu não sei por que disse pra ela estás muito bem Gaspar, eu queria que naquele dia ela fosse Gaspar, que o curandeiro voltasse, eu precisava que o curandeiro me respondesse e ela me disse Feliciana estás de brincadeira, eu sou *muxe*, meu bem, não me chames de Gaspar que parece que estás engasgando, meu amor, me chama de Paloma que é o meu nome, porque por algum motivo eu nasci com asas, meu bem, pra tu me chamares com esse nome feio como meu pai me chamava, meu pai que passou a vida curtindo as mãos no arado e suspirando até a morte por causa do trabalho, meu pai que eu só conheci por uma foto estropiada que encontrei entre as coisas da minha mãe quando ela morreu, eu conheci meu pai por causa da dor da minha mãe, mas Paloma fica mais bonito em mim, meu bem, tão lindo quanto minhas roupas, meu amor, o vô Cosme me chamava de Pássaro, mas não porque eu soltava as penas quando andava, e sim porque tenho asas onde os outros têm seus pesares e seus temores ali enterrados e eles carregam tudo isso, e é por isso que eles não conseguem nem suportar o peso do que seus parentes esperam deles, eu digo pra todos esses senhores por que eles carregam tantos pesares e temores se Cristo já carregou tudo isso por vocês, meus lindos, vejam Cristo na cruz sofrendo por vocês e aproveitem a vida que é bela, mas com a boca pintada de vermelho porque senão o sorriso fica sem roupa. Paloma pintava a boca e eu precisava que ela fosse me ajudar como quando foi curar minha vó Paz, eu tinha visto como ela fez o milagre e era urgente ela me ajudar com minha irmã Francisca. Tinha os lábios redondos como seu rosto era redondo e o vermelho que Paloma usava deixava ela linda porque sua alma era amorosa e então eu disse Paloma, não disse mais Gaspar, eu disse Paloma estás linda com os brilhos azuis no teu cabelo, nos teus olhos, esses lábios vermelhos e tua fivela que destaca tua cicatriz, e nem eu nem meus filhos nem minha irmã Francisca voltamos a chamar Paloma de Gaspar porque eu pedi assim, e ela me disse Feliciana todo mundo nasce pra olhar a beleza, pra ser feliz, meu bem, mas tu vieste aqui por causa de uma tristeza, então me diz o que aconteceu que estás branca como farinha e enquanto ela se pintava no espelho pendurado na parede eu contei os males que minha irmã Francisca tinha, eu disse preciso que me ajudes a curar minha irmã, Paloma és a única que faz o milagre, faz esse milagre pra mim como quando curaste minha vó Paz, pedi desculpas porque tinha chamado ela de Gaspar, não vou fazer isso de novo, eu disse, vi no seu rosto que ela gostou, tinha as covinhas nas bochechas bem marcadas, é assim que ficam quando está feliz, como se meu vô Cosme, minha vó Paz e todos os curandeiros da minha família e todos os netos que eu ia ter anos mais tarde tivessem dito pra ela Paloma tu és linda e ela me disse Feliciana faz tempo que eu parei de curar, eu te ajudo com os Vinhos e as ervas, meu bem, mas não posso te ajudar com isso, e eu me aproximei dela pra falar de pertinho enquanto ela se pintava e senti o cheiro de aguardente no seu hálito e vi que tinha pintado demais a boca, a pintura saía da linha dos lábios e isso fazia ela parecer mais sensual, como quem bebe demais, gasta algumas moedas extras no mercado ou dá um abraço mais forte quando se despede da gente, é assim que a boca dela parecia transbordando de vermelho e toda ela transbordando de brilhos azuis, e assim os brilhos das covinhas nas bochechas quando sorria. Mas, na urgência, ela era a única pessoa que podia me ajudar e tinha deixado o caminho da cura e nada podia trazer Paloma de volta porque ela tinha encontrado seu caminho que não era o de curandeiro, mas o de Paloma, e quando eu vi ela lá voando nos céus se alegrando com a visão das pessoas que olhavam pra ela com seu bater de asas branco e ligeiro, assim como piscava pondo os brilhos nos olhos, quando vi Paloma voando me encontrei tão sozinha no mundo como nunca tinha me sentido.

Sua casa cheirava a óleos e perfumes, como se estivesse se preparando pra festança do povoado onde ela ia com as amigas pra coroação da Rainha Muxe. Suas roupas e a maquiagem e os brilhos estavam por toda parte, eu nunca tinha visto roupas tão sensuais nem maquiagens de tantas cores. Minha irmã Francisca nunca se interessou pelas roupas de domingo, todas as roupas que tínhamos, de lã e algodão, eram pra trabalhar, sempre foi assim. Eu não vi maquiagem nem brilho até quando minha filha Apolonia começou a usar pra sair no vilarejo, ela ficava linda de banho recém-tomado, mas as maquiagens que Paloma dava pra ela brilhavam, e Apolonia, que era a mais parecida com Nicanor, gostava das roupas sensuais, mas tinha duas blusas pra sair, minhas filhas não tinham maquiagem nem as roupas que Paloma tinha pra festa da aldeia. Essa era a noite de bailados e comidas com as melhores roupas, e as *muxes* trançavam com fitas coloridas os cabelos negros, outras escovavam o cabelo molhado até deixar ele bem esticado ou faziam cachos na noite anterior enrolando os cabelos com bobes. Punham brincos de filigrana, se vestiam com *tehuanas*, se vestiam com *huipiles*,* saias de veludo, outras de rendas, e algumas traziam vestidos das cidades e falavam a língua do governo, mas lá todas se juntavam e se punham a dançar e comer na festança. Paloma me levou a umas festas pra ser a madrinha do vestido de seda que a comunidade fez pra Rainha Muxe com as sedas que Apolonia fazia, e dessa vez que fui ver Paloma por causa da doença da minha irmã Francisca eu fiquei sabendo que ela era a alma da festividade,

---

* *Tehuanas* e *huipiles*: vestidos típicos mexicanos.

porque enquanto eu estava na sua casa ajudando a fechar o vestido imaginei Paloma animando uma cantoria com sua voz suave e outros homens que ficavam felizes em ouvir sua voz e as coisas que ela dizia, mas quem não ficava feliz de ver Paloma?, que parecia que tinha nascido feliz e ia morrer feliz porque se Paloma gostava de algo era de estar bem e assim como eu imaginei ela feliz até no velório também imaginei minha irmã Francisca morta com olhos fundos que afundavam mais porque a morte ia botar seu ovo nela se eu não curasse ela, e ali minha alma esfriou, porque vi minha irmã Francisca morta com duas moedas pesadas nos olhos pra eles não abrirem de novo. E Paloma que percebia tudo com suas palavras que saíam como flores na primavera me disse Feliciana não faças essa cara nem derrames lágrimas senão teu caldo vai entornar, não me leves a mal, meu amor, já não faço nada com as crianças, agora faço com os homens.

Crianças era como Paloma chamava os cogumelos pras veladas, e eu via como Paloma maquiava a cicatriz da sobrancelha pra ela se destacar mais, ela me disse, a gente tem que trazer flores pras guerras em que estivemos, meu amor. Essa cicatriz foi feita quando as pessoas do vilarejo viram como ela rebolava ao andar no mercado, meu vô Cosme dizia que ela soltava as penas quando andava, quem abriu sua sobrancelha de um golpe foi um homem quando Paloma era menina e eu vi que ela realçava a cicatriz com a maquiagem e pensei o olhar da minha irmã Francisca vai afundar, a morte põe seu ovo nela se eu não conseguir, aquelas moedas pesadas vão afundar os olhos dela se eu não fizer nada mas eu não podia sair da casa da Paloma até saber o que fazer pra salvar minha irmã Francisca de que a morte depositasse seu ovo nela e que seu olhar continuasse afundando, Paloma pegou meu rosto com as duas mãos que cheiravam a creme de flores da igreja que estava num potinho do lado do espelho, e com suas águas profundas olhou pra mim e me disse

Feliciana tu tens, meu amor, mas não percebeste, eu pensei que já sabias, meu bem, vais ficar com medo porque a gente tem medo de ver as coisas que é capaz de fazer, querida, imagina como foi pra mim ver que eu podia curar um moribundo quando era o menino Gaspar, vais te assustar, meu bem, como se pegasses uma panela quente com a mão e a soltasses de susto, é assim que a gente se assusta de olhar pro que é capaz de fazer, a força que a gente traz aqui dentro assusta do mesmo jeito que o fogo assusta aqueles que não esperam o fogo, agora imagina que eu te digo que foi tu que aqueceste a panela com teu fogo, meu amor, ficas morrendo de medo, meu bem, e eu disse pra ela que não tinha tempo pra pensar nisso porque eu já tinha me curado do quadril, tinha curado uns idosos, mas eu tinha que curar minha irmã Francisca porque ela ia morrer se eu não salvasse ela, e Paloma me disse Feliciana pois então anda logo, minha querida, vai pro monte agora, Deus está do teu lado, meu bem, A Linguagem é tua e O Livro também, tens que te colocar nas mãos de Deus pra que te ajude, e então eu saí da casa dela e pedi a Deus pra me acompanhar no meu caminho pra escolher os cogumelos e as ervas naquele monte onde meu pai me levou antes de morrer.

As gentes dizem que não come quem não tem fome, e naquele dia eu estava determinada a quebrar o ovo que a morte estava pondo na minha irmã Francisca, a morte com seu ovo não ia fazer trinados pra minha irmã Francisca, eu ia tirar aquelas moedas dos seus olhos que já estavam nublando o olhar da minha irmã Francisca. Eu já tinha me curado, eu já tinha curado as pessoas que vinham me procurar porque eu era parente dos homens curandeiros, e eu sabia que estava com medo de não conseguir, mas Paloma me disse Feliciana deixa o medo pros ingratos e pros idiotas, tens A Linguagem, tu trazes A Linguagem bem dentro de ti, mas se não pegares essa panela imediatamente, vais te queimar pelo fogo da culpa que queima tão forte como o fogo dos medos. Naquela noite eu pensei que se aquilo não funcionasse eu pagava minha penitência até que a morte pusesse seu ovo em mim, e eu soube que pelo meu sangue de homens curandeiros eu sendo uma mulher também podia fazer o que eles fizeram e que eu tinha que ir mais longe porque, como mulher, as flores me purificam enquanto caminho, as águas me purificam enquanto caminho por ser mulher, porque nasci mulher e as forças não mudam e é poderosa a força que a vida dá pra gente, pensei que as águas limpam tudo aqui na Terra, pensei, e vão limpar o caminho pra curar minha irmã Francisca que está grave, porque até então eu não tinha curado ninguém que estivesse entre a vida e a morte.

Então naquela noite pela primeira vez eu fiz uma velada, essa foi a primeira velada que eu fiz com minhas águas profundas porque a gente não se põe no caminho de Deus até que não esteja quase quebrando, porque na hora mais escura da noite o sol está quase saindo do seu monte e eu disse vou olhar quando o sol sai do seu monte, eu me entreguei a Deus do fundo da alma pra curar minha irmã Francisca, e assim me coloquei no caminho do meu nome quando a vida assim me pediu, e a gente pode até dizer que as veladas passadas foram de provação porque quando a gente fica doente tem certeza que pode passar o que for, mas quando uma pessoa amada sofre, a gente passa pelos piores momentos e envelhece só de pensar na dor que o parente deve estar padecendo. Naquela noite eu queria livrar minha irmã Francisca daquela doença que estava afundando o olhar dela e por isso pedi a Deus que ficasse comigo, e Deus ouve quando a gente chama das águas profundas.

Acendi as sete velas de cera pura de abelha que minha filha Aniceta fez, rezei a Deus pra tirar desse mal nós duas, minha irmã Francisca e eu, porque quando um parente querido está doente a cura é pros parentes também, e então eu desembrulhei as duplas poderosas de cogumelos de um pedaço de seda crua que Apolonia me deu, enquanto eu dava pra minha irmã Francisca os pares de cogumelos ela desmaiou e foi quando os cogumelos, que comecei a chamar de crianças como Paloma chamava, começaram a me guiar. Minha irmã Francisca abriu os olhos e eu consegui trabalhar nas suas águas profundas pra entender o que estava acontecendo com ela. Pedi a Deus pra me ajudar a entender o que ela tinha e me ajudar a curar Francisca e tive uma visão: apareceram umas pessoas que me inspiraram respeito, todas bem-vestidas com algodão cru, assim como meu pai estava bem-vestido quando comi cogumelos e tive minha primeira visão no monte, reconheci meu pai Felisberto porque era o mesmo que eu tinha visto quando era criança na visão. Quando essas pessoas apareceram eu soube que eram meus parentes que eu não conheci, soube que eram meu vô, meu bisavô e outros antepassados que eu não sabia o nome, mas eu sabia que eles eram meu sangue e que além disso eles estavam lá porque me traziam alguma coisa. Eu sabia que era a primeira mulher que estava naquele lugar onde eles e todos os homens estiveram antes de mim, e era por isso que eles estavam lá, pra me dar uma coisa que eles sabiam que era pra mim. Aqueles homens não eram de carne e osso, mas eu sabia que eles tinham existido em outros tempos, eu sabia que queriam me revelar alguma coisa e que os cogumelos crianças tinham me levado até eles por uma razão que ia ser logo revelada. Quando me aproximei deles apareceu uma bela mesa de madeira que cheirava a bosque molhado, assim como um bosque cheira depois da chuva que refresca com suas gotas grossas, era a isso que a mesa cheirava, a água que limpa com suas gotas pesadas, como se não fosse uma mesa deste mundo, como se a mesa fosse uma sensação de bem-estar e não uma coisa, e em cima da mesa apareceu um livro que só de ver me deu um lindo sentimento. Eu não conhecia a felicidade até ter visto aquele livro em cima da mesa. Era um livro resplandecente e assim como os raios de sol entram numa cozinha escura e fria feita com divisórias de barro e é difícil enxergar de tão potentes que são os raios e o que a luz ilumina é um monte de aparas que vão ligeiras por todos os lugares de um lado pro outro, foi assim que eu vi meus antepassados através daquele resplendor do Livro, através do raio quente do sol, da manta de aparas e do raio de sol quente, foi uma sensação porque meu pai Felisberto, meu vô, meu bisavô e os outros homens da minha família que eu não conhecia, mas eu via todos eles como vejo você aqui e o intérprete lá, porque eu nunca tinha estado num lugar mais limpo e puro, mas não falo da limpeza que a gente faz na casa, digo limpeza do corpo e do resplendor das águas profundas. Como se eu respirasse o primeiro ar e o ar limpasse o fundo de todas as coisas e eu sentisse paz. Então três deles puseram as mãos em cima do Livro e O Livro foi crescendo até ficar do tamanho de uma criança de pé. Entendi que eu podia abrir O Livro e foi isso que fiz. Nas suas páginas tinha letras, palavras, parágrafos que eu não li mas podia entender, porque como eu lhe digo eu não aprendi a ler nem escrever, minha irmã Francisca e eu não sabíamos o que eram estudos, mas aquele era um livro diferente do que se usa nos estudos, é um livro com A Linguagem, é feito com outros materiais, as páginas eram brancas e brilhantes como a luz brilha pela manhã quando o sol sai do seu monte levando embora a escuridão, aquele livro tinha o poder do calor. As capas, quando a gente tocava nelas, tinham o calor de uma pedra que passou o dia sob os raios do sol.

    Um dos seres que eu não conhecia mas sabia que era um dos meus antepassados falou, e quando escutei sua voz eu soube que era meu bisavô. Foi ele quem me disse Feliciana este é O Livro dos sábios e é pra ti, este livro agora é teu e O Livro ficou pequeno do tamanho de uma Bíblia de igreja que cabe na palma da mão e quando eu peguei com minha mão percebi que o brilho não só era visto mas também sentido no corpo, era o calor e acima de tudo a força que eu estava procurando. Os seres e a mesa de madeira com o cheiro de bosque depois da chuva forte desapareceram e me deixaram sozinha com O Livro. E eu nunca me senti mais acompanhada e mais forte do que com O Livro. Foi então que senti que a força dele era também minha força. Eu soube então que sua força era a minha. Eu contemplei O Livro enquanto via minha irmã Francisca do meu lado com os olhos afundados nas órbitas como cabaças negras e a respiração ofegante como se os suspiros dela tivessem sido quebrados como o espelho que rachava, era assim que minha irmã Francisca respirava: espelhos quebrados. Abri a primeira página do Livro e consegui ler as primeiras linhas pra minha irmã Francisca, comecei a cantar porque aquelas linhas estavam escritas como a música e aquele era um presente que tinha sido dado pra mim em cada dizer porque apenas dizendo as palavras é que havia música. Antes de entrar nas águas profundas da minha irmã Francisca pra ver o que estava doente, as crianças me fizeram saber que estavam me levando pela mão de Deus porque Ele é sempre guia. As crianças conduzem à sabedoria que é A Linguagem e A Linguagem está no Livro.

Ao cantar as primeiras linhas e até terminar a primeira página senti meu coração cheio de força, mais força do que a gente sente com os primeiros chutes de uma criança no ventre quando a gente está grávida porque sabe que, ao dizer cada uma das palavras da Linguagem, está curando e a cura é tão poderosa quanto gerar vida. Entendi que todos os curandeiros da minha família tinham querido me mostrar algo, mas não podiam me guiar, A Linguagem é aquela que ensina e guia, esse é seu poder. Entendi que bastava a primeira página pra curar minha irmã Francisca e assim fiz até que o sol nasceu do seu monte e quando terminei de cantar as palavras que vinham daquela página O Livro desapareceu das minhas mãos. Naquela noite terminaram as mazelas da minha irmã Francisca e eu comecei o caminho no meu nome. Naquela noite que curei minha irmã Francisca na velada em que me entregaram O Livro percebi que devo mais aos mortos do que aos vivos porque A Linguagem é deles. E me diga: se A Linguagem não é poder, então o que é?

12.

Um psicólogo explicou a Leandra na primeira sessão que, depois de uma perda, em termos neurais, o ato de contar movia o evento de lugar, assim ele podia deslocar-se, deixar de ter a mesma importância. Certa vez, li uma entrevista de Cioran em que ele dizia que, quando estava com raiva, xingava sem parar até que a raiva se dissipasse. Contava que uma vez escreveu sobre suicídio em sua coluna no jornal, e uma mulher conseguiu seu telefone e ligou para dizer que estava sofrendo muito, que estava cansada da vida e queria lhe perguntar o que o impedira de cometer suicídio; ele respondeu que, se ela ria, não tinha por que fazê-lo. A entrevista, que li em algum momento na redação do jornal, ressoou em mim quando me dei conta de que Leandra, naquele sábado que passamos juntas, dava risada, um pouco menos do que antes, mas dava. Não falou diretamente do assunto, mas não perdeu seu senso de humor depois da partida de meu pai e do episódio infeliz com o idiota do Fernando. No fato de que ela risse e não falasse sobre o assunto eu via sintomas extremos, como tocar uma superfície quente com uma das mãos e uma superfície fria com a outra que temperava sua vida diária, mas ela sabia que, se tirasse a mão de um lado ou do outro, esse extremo a queimaria de frio ou de calor.

Às vezes, eu tinha vontade de lhe perguntar como ela estava, como estava bem lá no fundo, mas queria respeitar seu processo. Percebi que sua risada se tornava mais frequente. Naquela época, Leandra ia uma vez por semana ao psicólogo, fazia parte dos benefícios que minha mãe tinha no trabalho; trabalhava no consultório da dentista à tarde, estava terminando o supletivo e tinha começado a ter aulas de fotografia aos sábados. Na ocasião seguinte em que falamos sobre aquilo, o assunto surgiu naturalmente numa conversa, e ela me respondeu com firmeza Foi um acontecimento infeliz, mana, porém é mais lamentável ser esse cara, ser Fernando, imagine só, isso sim é que é foda. Pela maneira de se referir a ele, mas sobretudo de dizer aquilo a si mesma em voz alta, eu achei que ela estava se fortalecendo. Sem dúvida, estava deslocando Fernando de sua memória. Dali a pouco tempo, ela atingiu um peso saudável. Um dia, notei que seus lábios estavam quase vermelhos sem batom, suas bochechas ficavam rosadas quando fazia calor ou ela ria, as maçãs do rosto marcadas, um dia fez um coque enquanto falava comigo sobre alguma coisa e me olhava nos olhos, tinha redemoinhos de cabelo no alto da testa e bebia leite integral direto da embalagem.

No jornal, comecei a me relacionar mais com Julián, que era um ano mais novo do que eu. Eu gostava do espaço entre seus dentes da frente, ele tinha cabelo curto e do lado direito um dread de que eu gostava muito. Às vezes, ele levava um skate na mochila, quase sempre usava camisetas de algodão branco e um dia usou uma que tinha um pequeno furo no pescoço e eu achei sexy. Umas semanas depois, talvez alguns meses depois, Julián me convidou para uma festa. Essa foi a primeira vez que saí depois que meu pai morreu.

Julián era de Chihuahua. Sua mãe havia ido embora quando ele tinha cinco anos e seu pai o criara. Como era professor de matemática numa universidade de lá, não podia deixar o emprego e o enviou para o DF com uns tios que moravam num apartamento minúsculo de grandes janelas que davam para uma avenida. Tinham um quartinho na cobertura que ofereceram ao sobrinho.

Antes de ir, Julián me contou que seus tios tinham um apartamento com quinze lâmpadas e ele morava num quarto com três: uma no banheiro, outra no quarto e outra num abajur. Foi assim que ele me apresentou sua casa. Esse quarto na cobertura tinha uma única janela na qual Julián havia instalado duas cortinas quadradas de tecido azul anil com dois círculos brancos, pintados com uma pincelada como os que costuma haver na entrada de restaurantes japoneses. Ele me disse que as encontrara numa venda de usados em Chihuahua. O banheiro tinha uma porta de madeira muito fina e uma placa dourada que era mais uma sugestão de porta, porque se ouvia tudo lá de dentro. No início isso me dava vergonha, mas logo começamos a nos dar tão bem que ganhei confiança. O quarto cheirava a mofo. Tinha um fogão elétrico de duas bocas; numa prateleira de madeira ao lado de uma pia de metal ele costumava esquentar água numa panela azul para fazer sopas instantâneas. Quando sua tia lhe dava algum recipiente com comida, ele requentava torresmo em molho verde, picadinho, almôndegas recheadas com ovo cozido em caldo de tomate, que eram sua especialidade, ou alguma sopa de macarrão, e era isso que comíamos. Com esforço, para dar-lhe uma oportunidade que ele não teve, estudar o que ele tivesse vontade e trabalhar no que quisesse, o pai de Julián pagava um aluguel simbólico ao seu primo para que estudasse a licenciatura em artes pela manhã e, como eu, trabalhasse no que ele chamava o Plâncton do jornal.

A primavera estava começando quando fui pela primeira vez ao quarto de Julián. Fazia um calor insuportável. Ele tinha um cooler de plástico azul no qual às vezes havia suco de uva, que era o único sabor de que gostava. Julián tinha uma teoria de compatibilidade de casais de acordo com sua fruta favorita e como combinavam num suco. Naquela tarde, tomamos cerveja sentados no telhado, ao lado da caixa-d'água que dava para o seu quarto. A pintura do prédio havia desbotado ao longo do tempo e ficou uma espécie de crosta das três cores que o telhado tivera e uma cor marrom que se destacava. Quando entrei no banheiro, olhei para a lâmpada Osram de cem watts. Ao sair, perguntei por que ele media as casas pelas lâmpadas e ele me disse que teve de começar a contá-las uma vez que trabalhou num censo. Ele as contava onde quer que estivesse; sabia, por exemplo, quantas havia no chão da redação, e quantas em quase todos os lugares aos quais ia. A casa mais incrível a que já fui, ele me disse naquele dia, tem mais de cem lâmpadas; me diga onde você instala tantas lâmpadas ou por que você quer ter tudo isso. Depois, cheguei a contar as da minha casa. A maioria eram lâmpadas de LED quentes — minha mãe odeia a luz branca, diz que parecem de centro cirúrgico e que ressaltam todos os nossos defeitos — que meu pai trocara buscando economizar, salvo as lâmpadas vermelhas que Leandra havia instalado na garagem para montar uma câmara escura, ao lado de onde meu pai montava e desmontava carros. A única lâmpada que eu tinha trocado era uma pequena, de geladeira, por uma lamparina de leitura ao lado da cama para que quando Leandra dormisse eu pudesse continuar lendo sem perturbá-la.

O quarto da cobertura onde Julián morava, apesar de estar no topo de um prédio de onde se via uma avenida movimentada e um jacarandá entre os carros, dava a sensação de isolamento. Ouviam-se mais os aviões do que a rua. Naquela primeira vez que fui ao seu quarto, ele me mostrou um violão que seu pai lhe dera quando ele completou doze anos. Tinha algumas estampas na parte de trás e o A de anarquia que fizera com um marcador permanente. Além disso, ele tinha uma fórmula matemática tatuada, uma das que seu pai achava mais bonita. Julián me mostrou alguns desenhos que havia feito a lápis. Não pense que vou te pedir pra posar pra mim, só quero que me diga se acha que são bons, ele me disse com seu sotaque do Norte que eu adorava. Tinha um colchão de solteiro no chão, um cobertor preto e uma foto tamanho passaporte de sua mãe quando era jovem e outra de seu pai quando criança. Perguntei sobre eles. Julián me contou que sua mãe fora para Piedras Negras e havia formado outra família. O marido da mãe odiava que o passado se intrometesse em seu presente, então Julián e seu pai pouco se comunicavam com ela; ele tinha um irmão com quem se encontrou algumas vezes que falava espanhol com dificuldade — numa cafeteria e num centro comercial, faça-me o favor, ele me disse —, e que tinha sido seu pai quem sempre cuidara dele.

Leandra já havia feito uma amiga na oficina de fotografia, com quem saía para fotografar. Elas iam comprar filmes juntas e ambas tinham uma postura radical contra a fotografia digital. A oficina era ministrada por uma professora que costumava usar um único brinco, uma pena longa, regatas decotadas; tinha seios grandes e usava um cinto de fivela enorme com um escorpião dentro de um acrílico transparente, e quando alguém mencionava isso, ela falava durante horas sobre seu signo zodiacal, seu ascendente também Escorpião, e dizia que aquele era seu *nahual*, seu animal de poder, e aquela fivela também era um botão que, ligado, dava início a uma conversa sobre os signos do zodíaco e seus ascendentes. Naquela época, descobri que Julián era de Câncer, e, como ela nos disse, formávamos um casal perfeito. Tinha uma alça de tecido com um pequeno pingente católico, dois olhos de latão, para pendurar a Canon analógica com uma lente enorme, que para minha irmã era uma meta. A professora de Leandra tinha os cabelos curtos, divididos ao meio. Uma vez Leandra me contou que ela havia lhes confessado na aula que não usava sabonete para tomar banho, mas uma mistura de fibras pré-hispânicas com que lavava o cabelo. Minha irmã, que havia muito tempo já fazia seus perfumes, via em sua professora um exemplo a seguir. Leandra se tornou sua aluna favorita, ela dizia que minha irmã tinha muito talento, que era muito inteligente. Era a primeira professora de minha irmã que falava de seu lado positivo, depois de todas as escolas das quais ela fora expulsa — de uma por comportamento, de outra porque fez um buraco no teto ao jogar uma jaqueta molhada no ventilador e, finalmente, por causa do incêndio que provocou na lixeira da escola para defender Cuauhtémoc, um amigo dela. Sua professora de fotografia nos disse que ela era uma excelente aluna, essa foi a palavra que ela empregou ao falar sobre as fotografias de minha irmã quando fui com Julián à oficina para buscá-la no Valiant 78 pela primeira vez. Minha mãe ficou tão feliz que convidou Leandra para jantar depois da oficina, a fim de ter um pretexto para passar por lá e conhecer sua professora de fotografia.

Um dia Leandra me disse que, mais do que desenhar, queria expor seu trabalho numa galeria. Uma vez meu pai me disse que, se tivesse chance de escolher, teria sido fotógrafo, mas meu avô era um homem antiquado e, acima de tudo, um tirano. Meu pai estudou engenharia; meu tio, estatística. Suas filhas, minhas primas, cresceram com essa sina, e estudaram coisas relacionadas ao direito. E eu tenho muitas lembranças de meu pai nos dizendo explicitamente que poderíamos fazer o que quiséssemos.

Meu pai me ajudou a montar a bateria e Leandra sabia que aquele era o lugar para sua câmara escura. A garagem de casa era o espaço que meu pai tinha para nos ensinar que sim, era preciso trabalhar, mas sempre haveria espaço para o que quiséssemos fazer. Esse foi o lugar onde uma vez eu disse ao meu pai que gostaria de poder escrever. Leandra tinha aprendido a revelar fotografias no mesmo lugar em que meu pai desmontava os liquidificadores e torradeiras dos vizinhos, fornos e batedeiras dos colegas de trabalho de minha mãe, onde montava e desmontava o que podia, e aquela garagem era para nós três o espaço da liberdade.

Leandra começou a sair com garotos aos onze anos, pouco depois que Lalo partiu seu coração. Ela beijou uma garota aos treze numa festa. Ela era quem levava vantagem sobre mim naquele assunto. Aos catorze ela ficou com outra garota; aos quinze dormiu com um menino, depois com outro, depois com outro. Depois com uma garota. Após o episódio infeliz com o imbecil do Fernando, Leandra se concentrou na fotografia como nunca antes eu a tinha visto se concentrar em algo que não fosse sair com os amigos. Ela se tornara especialmente popular após o incêndio, se dava bem com as pessoas do supletivo que cursava, era querida em seu trabalho no consultório, era divertida. Ela se dava bem com grupos muito diferentes de pessoas, poderia estar em qualquer situação e falar com todo mundo. Ela se deslocava por várias partes da cidade; às vezes eu tinha de ir buscá-la longe, porque uma das condições de eu usar o Valiant 78 era que ele devia ser compartilhado com minha irmã, mas ela não sabia dirigir nem tinha interesse em aprender. Ela foi se aproximando cada vez mais daquela amiga da oficina de fotografia.

Leandra foi assistente no consultório por dois anos, até completar os dezoito. Tinha afeição por sua chefe, estava quase terminando o supletivo, e logo ela, que parecia uma bala perdida, era muito amada na oficina de fotografia. Nessa idade, Leandra já havia frequentado três psicólogos, o primeiro quando tinha cerca de nove anos.

Minha mãe, por seu turno, passava cada vez mais tempo

com minha tia. Às vezes saía com minha outra tia, esposa do irmão de meu pai, e aos poucos foi retomando uma vida social ativa. Foi difícil para ela sair do confinamento, mas começou a criar novas rotinas, embora não mudasse alguns dos costumes que já tinha com ele: não deixou de dormir do lado direito da cama, nem parou de usar a mesma cadeira na cozinha, sempre deixando vazia a que fora de meu pai. Uma vez, descobri que ela sempre carregava na bolsa um amuleto que meu pai lhe dera quando eram namorados. Ela morava numa casa alugada com vários estudantes, entre os quais meu tio, irmão de meu pai, que os apresentou, e na sala daquela casa meu pai lhe deu uma pequena pirita que ela levava numa bolsa de feltro vermelho. Foi o amuleto da sorte que lhe deu quando ela ia prestar o vestibular de administração. Eles me diziam que ele a ajudou a resolver algumas equações complexas. Minha mãe fazia meu pai rir e eles conversavam muito, e acho que era essa a natureza de sua relação.

Jacinta, a professora de fotografia de minha irmã, achava que poderia incluir algumas das fotos de sua oficina numa exposição coletiva pela qual era responsável no Centro da Imagem. Minha irmã ficou honrada com essa possibilidade e estava decidida a fazer parte da exposição. Antes as aulas lhe pareciam soporíficas, até descobrir a fotografia. Quando penso naqueles dias, lembro-me de uma vez chegar bêbada e encontrar Leandra com uma pinça de plástico na mão, um coque alto, malfeito, torto, olhando para várias versões da mesma imagem que queria me mostrar antes de eu ir para a cama, mas a luz vermelha me deixou tonta e, ao contrário de como nos acontecera antes, Leandra me acompanhou até a cama e me cobriu.

Quando tinha treze anos, minha irmã transou com o vizinho de quem gostava, numa daquelas tardes de castigo depois do incêndio, quando meus pais estavam no trabalho. Em resumo, ela me contou a seguinte história: Os pais dele não estavam em casa, eu fui até lá, ele foi tomar banho porque tinha jogado futebol e eu entrei no chuveiro e o levei molhado para sua cama. A história de Lalo tomando banho com sua amiga em Tepoztlán a marcou tanto que foi a primeira coisa que ela fez com seu primeiro namorado. A história com a menina com quem ficou pela primeira vez foi muito parecida: Estávamos assistindo a um filme e a achei linda de perfil, peguei seu rosto e a beijei e isso levou a outra coisa e essa coisa levou a outra. Leandra sempre foi tranquila e aberta em relação a esse assunto. Eu, ao contrário, não sabia como me aproximar de um menino ou uma menina, embora soubesse que gostava de meninos. A primeira vez que me atrevi foi com Julián. Timidamente, com medo e desajeitada, mas me aproximei e achei divertido estar com ele. Eu me sentia segura. Olhando de longe, hoje, acho que tive muita sorte, porque o relacionamento com ele me ajudou a atravessar uma época turbulenta que ficou muito melhor ao seu lado. Eu me apaixonei pela primeira vez e dormi pela primeira vez com ele aos dezenove anos, no terceiro semestre da faculdade.

Na primeira vez que nos beijamos, a mão dele tremia quando ele acariciou meu rosto, e minha boca ficou seca de tanto nervoso. Estávamos no quarto dele, era a segunda vez que saíamos. Algum tempo depois, talvez semanas depois, nós já estávamos bem íntimos e, antes de deixar o escritório, ele pôs na minha mesa uma folha de caderno com uma letra minúscula pedindo para eu ficar com ele naquela noite. Quando saí do banheiro, fiz um sinal para Julián dizendo que sim e essa foi a primeira vez que dormimos juntos. Ajustamos o despertador para as quatro e meia, e ele me acordou com sua voz suave e rouca. Cheguei em casa pouco antes do amanhecer. Minha mãe e Leandra estavam dormindo e eu consegui dormir mais umas duas horas. Na segunda vez que transamos foi divertido. Lembro que estávamos ouvindo um rádio de pilhas, um programa sobre problemas cardíacos, rindo, brincando, nus em seu colchão sobre o piso.

Na terceira vez fiquei grávida. Tecnicamente não era para acontecer, mas aconteceu. Minha menstruação já havia atrasado antes. Pensei que por causa do trabalho na redação, que era muito estafante, e a faculdade tinha acontecido de novo. No colégio, numa época de provas, minha menstruação atrasara três meses, e depois que meu pai morreu não desceu por dois meses, em algumas situações estressantes atrasava uma ou duas semanas; dessa vez que atrasou duas semanas eu me sentia estranha, mas tinha certeza de que não havia como estar grávida. Estávamos nos acariciando, ele tinha me penetrado sem camisinha, mas pouco, enfiou bem rápido, e eu estava num ponto do ciclo que tornava isso improvável. Impossível, pensei. De fato, durante aquelas duas semanas nem me passou pela cabeça até que um dia acordei cansada, embora tivesse dormido mais que o normal. Um sinal vermelho se acendeu quando comprei um donut de chocolate na faculdade e um expresso, que para mim era a combinação mais deliciosa para o café da manhã, e o cheiro de café e donut me deu enjoo. Não pude tomar café da manhã, dei o donut a uma colega e o café, tomei com nojo. Naquela manhã, tinha cruzado com minha mãe na cozinha e ela me perguntara se eu estava bem, talvez farejasse algo que eu ainda não sentia. Peguei um batom que eu levava na mochila e aquele cheiro de morango, que era quase imperceptível, logo se tornou um cheiro forte, como amplificado. Entrei na classe, passei a tarde inteira com o estômago vazio. Na saída, a caminho do trabalho, parei num restaurante Sanborns, morta de fome. Tomei um caldo de frango sozinha a uma das mesas de quatro lugares, meu enjoo passou e isso confirmou o que eu suspeitava, eu vinha sentindo o dia todo que algo estranho estava acontecendo, mas lutava para negar. Comprei um teste de gravidez na farmácia, fui ao banheiro: deu positivo. Fiquei andando ali por perto, com o olhar perdido, os doces expostos na vitrine, as capas das revistas, todas nas capas pareciam felizes em sua situação, sorridentes em poses estranhas, sem outro problema na vida além de ser feliz na capa de uma revista. Os trabalhadores, tranquilos, na rotina de um dia que segue outro semelhante ao anterior; um olhando para o telefone; outro com os braços cruzados apoiado numa prateleira girando um chaveiro; uma moça cobrando por um doce. Olhava para tudo sem olhar para nada. Os minutos passavam lentos como os dias. Imaginei todas as possibilidades a respeito de minha situação até que foram se empilhando umas sobre as outras e caíram em cima de mim. Decidi não contar a Julián por telefone. Fui para o carro com o teste positivo na mochila. Como eu ia fazer aquilo?, me perguntava sem parar no carro a caminho do jornal. Quando tinha um pensamento infeliz, via um garoto no carro ao lado e me perguntava como seria se o tivesse, se ele se pareceria com meu pai, se ele se pareceria com a mãe de Julián a quem provavelmente eu nunca conheceria. Eu me enrolava em perguntas como se fossem montes de fios pretos emaranhados e separá-los fosse cada vez mais difícil. Estava quente, não havia janela aberta que me fornecesse ar suficiente ou postura para eu me sentir confortável, não havia um único pensamento para me acalmar. Antes de estacionar perto do jornal, Leandra me ligou para dizer que Jacinta, sua professora de fotografia, lhe enviara um e-mail informando que havia selecionado três fotografias suas para a exposição. Minha irmã descreveu as fotografias, eu as conhecia, mas não conseguia me concentrar no que ela me dizia, escutava que ela queria que eu a ajudasse a lhes dar títulos, falava alguns títulos que lhe haviam ocorrido, e eu a escutava como se estivesse ouvindo uma música ao fundo sem ser capaz de prestar atenção na letra. Ficou claro que minha irmã estava feliz. Fazia muito tempo que eu não a escutava assim, e quando me dei conta disso senti paz por ela e ao mesmo tempo senti um trovão, um relâmpago, um redemoinho.

13.

Curei minha irmã Francisca e correram os boatos, o vento multiplicou os boatos, alguém veio uma noite, outra noite mais gente veio e foi assim que as pessoas começaram a vir me pedir pra aliviar seus doentes. Isso foi antes do povo do estrangeiro começar a vir, quando curei minha irmã Francisca se multiplicaram os boatos nos outros vilarejos, algumas pessoas vieram da cidade e me diziam vim da cidade pra te ver Feliciana. Foi assim que meu nome cresceu, o vento quis assim, Paloma veio até minha casa pra me dizer Feliciana, querida, espera, meu amor, isso está apenas começando, tira essa cara de retrato cinza, que tu estás cintilando em luzes coloridas. Paloma me ajudava com os parentes dos doentes, com todo mundo ela era de trato agradável e as pessoas que vinham de fora logo gostavam de Paloma.

Minha mãe já tinha morrido, uns dias antes dela morrer eu encontrei um pássaro morto na terra, minha mãe assim se foi no sonho leve como o pássaro que voa, se foi sem que eu pudesse fazer nada por ela. Minha irmã Francisca cuidava do trabalho na *milpa* e na cozinha, Aniceta fazia as velas de cera pura de abelha que o povo já estava pedindo, de manhã ela distribuía as velas no mercado e numa mercearia em que a dona deixou um espaço pra ela, em troca de umas moedas, comerciar as velas de cera pura de abelha e outras coisas, ali Aniceta começou a levar a colheita que a gente fazia, até a seda de Apolonia ela conseguiu colocar na loja dentro de um móvel de madeira e vidro pra mostrar a mercadoria. Apolonia fazia a seda, cuidava dos bichos-da-seda, trabalhava nas *milpas* e Aparicio já ajudava nas colheitas, não ficava mais no buraco do lado da *milpa*, mas eu deixei o buraco lá porque não sabia se ia precisar deixar Aparicio ali dentro, mas o menino se tornou útil da noite pro dia, parou de chorar lá no buraco, foi quando eu tirei ele de lá que ele ficou com uma cara séria e me lembrou da cara do meu pai Felisberto que até o café com açúcar ele tomava sério. Meu pai era um homem sério assim como meu filho Aparicio é sempre sério, nunca riu como as outras crianças, por isso que um dia Paloma veio até minha casa e me disse Feliciana, minha vida, aquele seu filho passou de bebê pra homem, olha, eu te trouxe essas botinas lindas pro machinho da casa, vamos ver se ele não me dá bronca porque eu não trouxe o chapéu e o gado.

    Entre todos nós a gente juntava os trocados, a gente comia o *nixtamal** da minha irmã Francisca, os feijões, os chuchus, os chiles, o café, o *atole* que ela fazia pra todos nós. Vinham me ver cada vez mais e mais gentes pra eu fazer veladas pra elas e assim também o dinheiro entrou em casa. Paloma me ajudava a preparar minhas veladas, ensinou Apolonia a se maquiar pra sair de manhã com seus brilhos, ensinou Aparicio a tratar bem as irmãs porque ele tinha um mau gênio, e esse era o mau gênio do Nicanor bêbado, mas Aparicio tinha isso desde criança, ainda não

---

* Milho tratado para fazer canjica.

tinha chegado à idade da aguardente e já tinha o mau gênio de Nicanor bêbado e a cara séria do meu pai Felisberto. Paloma me dizia Feliciana, as botinas não fazem o macho, meu amor, esse mau gênio é culpa do Nicanor que era uma erva daninha, mas eu dizia pra ela que Nicanor não era uma erva daninha, a guerra e a aguardente fizeram isso com ele, e Paloma me disse Feliciana traz ele aqui, eu levo ele pro mercado, pro vilarejo, pra onde for eu levo Aparicio pra ensinar a lidar com outras pessoas porque o buraco estragou ele, as crianças são educadas na rua, menos mau que tu não colocaste um espelho dentro do buraco, meu bem, senão ele tinha se tornado intragável, o Aparicio, ele ainda tem remédio, meu amor, deixa que eu vou levar ele pra rua, assim a gente tira ele do buraco.

    A segunda vez que a morte chamou Paloma foi a vez que ela amou um homem que ela conheceu quando levou Aparicio pra rua, era um homem mal-amado cuja mãe tinham matado a pontapés e ele não sabia nada da querência nem de homens nem de mulheres. Paloma conheceu esse homem com Aparicio, o homem perguntou das botas do menino pra puxar assunto com ela e Paloma viu isso como um convite, conseguiu arranjar as coisas pra encontrar o sujeito naquela noite, mas ele era um homem mal-amado desde que veio ao mundo e não sabia como lidar com homens ou mulheres, ele era um homem mal-amado, e tão mal-amado como a noite que acabou machucando Paloma, a morte pôs seu ovo em Paloma pela segunda vez, lá a morte fez trinados pra ela, eu sei, foi aquele homem mal-amado que cuspiu no rosto dela, abriu sua sobrancelha já cicatrizada que Paloma tinha da surra que deram nela pela sua maneira de andar, soltando as penas dizia meu vô Cosme, e aquele mal-amado reabriu aos murros o rosto de Paloma.

    Dizem que quem encontra sombras é porque traz luz, foi o que aconteceu com Paloma, ela estava com a boca roxa dos murros que o homem mal-amado deu nela e assim com a boca roxa dos murros que lhe deu a malquerença Paloma conheceu José Guadalupe, com quem ela viveu e que foi quem encontrou Paloma com a mancha de sangue crescendo embaixo dela quando mataram ela com o punhal nas costas, os dias que golpearam de novo seu rosto, abrindo sua sobrancelha que antes já tinham aberto como um espelho da malquerença aí Paloma encontrou seu amor, aí ela conheceu Guadalupe naquela época que eu já estava curando as pessoas que vinham doentes, naquela época que meu nome viajou pelos povoados e desses povoados meu nome era levado em boatos pra outros povoados e assim chegou à cidade, assim viajou em outros boatos pra outras cidades, por isso digo que o vento multiplica, porque assim como a gente tem medo do vento quando ele arrasa as colheitas e a gente tem medo do vento quando ele traz as chuvas com os granizos que queimam as colheitas, eu lhes digo que não tenham medo das tempestades, o vento multiplica e quando as tempestades caem com granizo é hora de ouvir o barulho que fazem as tempestades mais duras com os granizos que caem como facas que, com seus cortes, estragam as colheitas, quando o granizo cai é hora de ouvir as facas geladas e a tempestade, a gente tem que ouvir os céus trovejando porque o vento multiplica, isso é de saber, eu lhe digo confie, assim também é a vida porque o vento multiplica. O vento também multiplica a boa sorte.

Um dia, o sr. Tarsone chegou aqui em San Felipe procurando por mim, chegou perguntando meu nome porque me viu no filme, os boatos chegaram até ele e assim veio o banqueiro gringo que trouxe as pessoas que fizeram meu nome crescer. Paloma sabia que meu nome estava crescendo, que as pessoas vinham aqui perguntando por mim e me dizia Feliciana, meu bem, mas, meu amor, estás ficando famosa e não comemoras como os famosos, então te torna muito famosa pra eu comemorar como as pessoas famosas, com bebida e amor. E assim passamos algumas noites Paloma e eu fumando cigarros, rindo e bebendo aguardente enquanto os outros dormiam.

Tadeo o Caolho apareceu quando ouviu o barulho das pessoas que vinham e o tilintar das moedas caindo. Eu dizia pras pessoas eu não vejo o futuro, me encomendo a Deus em orações todos os dias e todas as noites e no que eu faço não existe ódio, não existe raiva nem mentiras. Eu não vejo o futuro, eu vejo o presente com A Linguagem, eu não sou adivinha e é assim que Tadeo o Caolho esteve enganando as pessoas com suas clarividências que dizia que fazia com seu olho torto. Ele se aproveitava disso, dizia pras pessoas eu vejo o futuro com meu olho torto e o povo acreditava nele. Mas eu não faço isso, se as pessoas vêm me pedir me diga o futuro eu digo pra elas, eu limpo como a água limpa, eu limpo as doenças do corpo, eu limpo suas águas profundas como limpa a água que corre e alisa as pedras com seu correr, limpo as enfermidades do corpo como a água limpa os corpos sujos e as tripas carregadas, eu limpo as sombras que são as doenças porque a luz existe, mas a escuridão é sua criatura. Eu não sou maga, A Linguagem cura, mas existe gente inquieta com o futuro e pra isso existe a clarividência, e tem gente que acredita que a doença só pode ser curada com remédios, com as pílulas e misturas que os homens sabidos fazem nos laboratórios com seus jalecos brancos, e isso é o que os médicos sabidos prescrevem, mas o mal tem muitas formas e nem todas as enfermidades se curam com remédios feitos em laboratórios, todos nós sabemos que há mais males que pílulas e se todas as doenças do corpo e da alma fossem curadas com pílulas, imagine, este mundo estaria novo de saúde como se todas as manhãs fossem a primeira manhã na Terra, a primeira manhã de Deus.

Tadeo o Caolho mora do outro lado da ravina e do nevoeiro, do outro lado de San Felipe, quase não sai do seu barraco pela mesma razão que é caolho, dizem que isso aconteceu porque quebraram uma garrafa de aguardente no rosto dele e os cacos entraram no olho, eu conheci Tadeo quando ele era um menino e olhava com os dois olhos, assim antes da cabaça preta que tem no rosto, quando fomos de San Juan de los Lagos pra San Felipe, Tadeo olhava com os dois olhos e dizia que nos sonhos ele via as coisas. Cada vilarejo tem seu bruxo e Tadeo o Caolho queria ser o bruxo da vila desde menino, cada vilarejo tem seu bruxo e até nos aparelhos que os estrangeiros trazem existem bruxos. Tadeo o Caolho era chamado assim pelo povo, e dizia pra eles eu vejo o futuro, Feliciana dá cogumelos e ervas e faz vomitar pelos cogumelos e pelas ervas que dá, mas eu te digo o futuro sem que comas o que te adoece, e jogava sete grãos de milho, jogava as cartas do baralho e dizia que os naipes falavam com ele, os grãos de milho com sua força lhe falavam sete poderes, e se alguém chegasse nele doente, ele fazia uma mistura de ervas com óleo de cozinha pra pessoa tomar, Paloma dizia Feliciana ele é grande e gordo, meu amor, tão grande e gordo Deus fez ele, minha vida, como uma grande maraca pra guardar todos esses grãos de milho porque é oco por dentro, como aquele olho que falta pra esse gordo.

 Tadeo o Caolho fazia as pessoas acreditarem que as cartas do baralho e os grãos de milho falavam o futuro pra ele, Paloma uma vez me disse Feliciana não vais acreditar, minha vida, La Maraca anda dizendo que vê chegando com seu olho cego uma tempestade com granizo que vai queimar as colheitas e saiu pra jogar milho pro céu e com seu mau caráter de erva daninha ele fala pro granizo cair em outro lugar, ele grita com seu mau caráter pros trovões pra caírem em outro lugar e grita bem alto pras pessoas se assustarem porque La Maraca está falando com o céu. Daquela vez foi assim, o povo disse que o granizo não caiu porque Tadeo o Caolho gritou com ele com seu mau caráter. Tadeo o

Caolho morreu, a aguardente afogou ele, foi ele quem atirou com a pistola no meu ombro, isso foi faz muito tempo, quando o sr. Tarsone fez todas as pessoas virem, Tadeo o Caolho não podia nem pensar naquilo, invejava as moedas. É que ele não falava muito, não, não falava muito Tadeo o Caolho, tinha gengivas maiores que os dentes e palavras menores que a cabeça, e as pessoas começaram a ir ver ele quando vinham me procurar porque ele dizia pra elas eu vejo o futuro com meu olho torto, e porque seu pouco falar fazia ele parecer sabido e quando falava dizia o futuro que a pessoa que estava em frente dele podia ter, porque A Linguagem também é como um poncho que serve pro que for quando é usada pra contar o futuro, e assim, com seu olho cego, ele dizia pras meninas que queriam saber se um menino ia procurar elas, ele dizia, lá vem o menino, as cartas do baralho estão trazendo o menino, dizia pras casadas teu marido é infiel e fazia uma purificação com as mesmas ervas pra todas, com algumas passava dos limites, ele agarrava as meninas fazendo as purificações, passando nelas as velas e os ovos também passava a mão, pra algumas outras garotas dizia teu marido é fiel e tirava pra elas os grãos de milho e dizia olha, teu marido é fiel é isso que o milho está dizendo, e naquelas ele não passava a mão. Paloma ria, chamava ele de La Maraca, porque ela era uma curandeira de sangue, embora já tivesse abandonado as veladas pelas noitadas com os homens e a vida com Guadalupe, Paloma se ofendia que aquele Tadeo o Caolho se aproveitasse do povo.

 Paloma ficou brava uma vez que Apolonia foi ver Tadeo o Caolho. Apolonia, vendendo seda de casa em casa, sentiu atração por um rapaz que não correspondeu e ela foi ver Tadeo o Caolho que jogou pra ela sete grãos de milho, as cartas do baralho, deu pra ela uma mistura de ervas com óleo de cozinha e cobrou dela o que Apolonia tinha economizado pras despesas, e além das moedas Tadeo o Caolho pediu uma garrafa de aguardente que Apolonia foi comprar na loja que Aniceta ficava. Quando levou a garrafa de aguardente, ele disse pra Apolonia que o menino que não lhe dava bola ia chegar em casa pra pedir Apolonia em casamento com um dote que iam trazer pra mim, que as cartas do baralho diziam pra ela limpar o caminho com as ervas e tomar a mistura de ervas com óleo de cozinha pro menino ir procurar ela, Tadeo disse que eles iam ter dois filhos logo, até três filhos disse que via no seu futuro, e Apolonia partiu feliz porque o menino ia dar bola pra ela, ia pedir ela em casamento porque trazia dote e depois teriam até três filhos. Apolonia dava folhas de amoreira pros bichos-da-seda, eles comeram até rebentar porque a cabeça dela estava nos nomes que ia pôr nos filhos, pensava nos nomes dos nossos parentes falecidos que ela gostava e nos nomes das pessoas pra quem ela vendia a seda, pra que quando chegassem os filhos com aquele menino que não correspondia ela pudesse dizer pra ele os nomes que ela gostava, e depois de um tempinho chegou na loja uma menina grávida daquele menino e Aniceta veio contar pra Apolonia que o menino que ela gostava tinha uma esposa e ela estava grávida. Apolonia ficou destroçada, eu não podia dizer pra ela por que tu fostes ver Tadeo o Caolho, por que fostes ver ele, filha, te falam fogo e lá vais tu pegar o fogo, sabes que é fogo e mesmo assim vais tocar no fogo com as mãos, não, eu não podia dizer isso, pedi pra ela que viesse comigo até a *milpa*, falei das chuvas que vinham, do calor que fazia, dos círculos da natureza, porque os círculos se se rompem mudam as estações, porque o tempo não anda numa linha, o tempo anda em círculos. Não sei se minha filha Apolonia entendeu o que eu queria dizer, mas os ensinamentos que a vida nos dá ninguém nos conta, por isso que eu falei pra ela da natureza, porque a natureza tem respostas pros males que afligem a gente, é coisa de olhar pros círculos com que o tempo anda pra entender a natureza que a gente tem.

Eu lhe digo, eu não vejo o futuro, eu também não posso impedir a morte de uma pessoa, se alguém chega aqui doente porque a morte já pôs seu ovo nele e essa é a vontade de Deus, eu não posso fazer nada, mas se alguém vem enfermo e pode ser curado, eu posso curar essa pessoa porque isso é levantar alguém que caiu no caminho, e a gente tem que ajudar as pessoas pra elas andarem pra frente, e levantarmos quando caímos é algo que A Linguagem faz. Os médicos sabidos veem os pedacinhos do povo, a orelha, o pé, a mão ou o reumatismo, os médicos sabidos só olham os pedacinhos das pessoas porque é isso que os estudos deles dizem, mas a gente tem que ver o todo das pessoas doentes pra entender os males delas, porque tudo está unido e isso é uma coisa que A Linguagem pode fazer. Eu percebi que A Linguagem podia curar as doenças enterradas na alma quando Paloma me trouxe Guadalupe. Aqui em San Felipe as pessoas são duras com as *muxes*, não deixam elas terem um parceiro, casamento nem pensar, isso não acontece aqui em San Felipe porque as *muxes* nascem pra cuidar dos seus parentes, mas a mãe de Paloma tinha falecido, seu pai Gaspar também tinha falecido, ela não conhecia o pai porque ele morreu quando sua mãe estava grávida, eu lhe digo que ela não tinha parentes pra cuidar quando se tornou *muxe*, sua família éramos nós mulheres e Aparicio. Tem gente que despreza as *muxes*, mas a maioria na aldeia gosta delas, tem carinho por elas, porém esfregam espinhos nelas antes de dar rosas, se é que dão. Paloma conhecia todos e era amada por todos. Tinha Guadalupe, com quem podia viver porque não tinha mais parentes pra cuidar, Paloma tinha amigas e também saía com elas, mas Guadalupe tinha acabado de ir morar com Paloma quando um dia ficou ruim.

    Paloma e duas amigas me trouxeram Guadalupe carregado, tinha desmaiado. Me disseram que tinha batido com força quando caiu, tinha tido uma convulsão e elas deixaram ele cair outra vez enquanto carregavam ele. Eu pude ver rápido que ele estava muito grave, mas a doença dele não era física, era uma doença enterrada na alma, ele tinha sido humilhado e maltratado, e isso ocorreu quando foi morar com Paloma, ele trazia seu pai enterrado dentro dele, o pai maltratava Guadalupe, eu tinha visto aquele homem na vila, aquele homem tinha sido mau com ele, humilhava ele, ria dele e Guadalupe trazia isso enterrado no peito, aquele homem estava supurando sua alma, mas eu não podia contar pra Paloma porque embora ela seja do meu sangue eu não posso dizer o que vejo, isso é de Deus, Guadalupe tinha que contar ele mesmo o mal que estava enterrado nele porque também é pra isso que serve A Linguagem, pra lançar luz no que é obscuro. Não pra ver as pessoas em pequenas partes, mas pra ver elas por completo porque o corpo é um.

Eu não necessito que um doente me diga eu tenho isso, isso eu vejo. Um doente pode me guiar, assim como os sábios da medicina perguntam pros seus pacientes, mas não é necessário que me digam o que têm, eu sei disso com A Linguagem. Basta que me digam o nome e eu posso entrar. Eu não posso trabalhar com pessoas que não falam porque eu recebi A Linguagem. Uma vez veio um homem sem voz, um homem mudo veio me ver, outra vez veio uma menina que tinha perdido a voz, os dois estavam graves com outras doenças, mas assim que eles vieram tiveram que ir pra outra vila pra um curandeiro tratar deles porque eu não pude ajudar nenhum dos dois. Uma vez me trouxeram uma garota com o mal do silêncio, ela sabia falar mas não queria falar e urinava toda vez que gritavam com ela e espancavam ela pra falar, eu quando perguntei como se chamava a menina conseguiu olhar pra mim e eu senti que a menina tinha sido abusada por um desgraçado, mas eu não consegui ver o infeliz, ela não me deixava entrar, se não falasse comigo eu não podia ajudar ela, dei minha bênção e disse pra sua mãe pra levar ela até um médico sabido porque a filha estava doente mas não porque se urinava, aquela menina tinha o mal do silêncio por vergonha, pelas culpas que a filha carregava é que se urinava, de medo se urinava como aconteceu com minha irmã Francisca, mas eu não podia dizer mais nada, eu só falei pra ela ir com um médico sabido porque ela urina por outra coisa que não é o mal do silêncio.

Tem gente que tem medo de nós porque não entende o que fazemos. Eu não sou bruxa nem curandeira nem cartomante, Deus sabe disso, as ervas e os cogumelos me dão um poder maior de contemplação porque esse é o maior poder que podemos ter aqui as pessoas na Terra porque contemplando é como a gente pode curar ou consertar qualquer problema ou má vontade, e eu assim com as ervas e os cogumelos crianças posso contemplar o interior do doente, posso ver a origem da sua enfermidade física ou sua doença mais enterrada na alma e isso é uma coisa que os médicos sabidos não podem fazer, as pessoas têm medo de nós porque se perguntam Como ela faz isso, mas é algo que se faz desde nossos antepassados, é tão antigo quanto a Terra.

Eu depois da velada que fiz pra minha irmã Francisca soube que podia curar qualquer um, qualquer que fosse a doença, por mais obscura que fosse, mas só depois de curar Guadalupe é que eu soube que podia curar as doenças enterradas na alma, isso também Paloma me ensinou quando me trouxe Guadalupe. É por isso que eu lhe digo que você traz A Linguagem, Zoé, quem trabalha com A Linguagem pra ajudar as pessoas a ver as coisas também traz essa Linguagem, mesmo que não faça curas.

As pessoas falam pra mim Feliciana como és A xamã da Linguagem se tu não falas o mesmo idioma, mas digo às pessoas que não sou A xamã dos Idiomas, pra isso as pessoas têm aparelhos, eu trago A Linguagem que me deixa ver o seu, e isso é diferente. Antes de me iniciar eu não conhecia muitas das palavras que agora posso usar, isso é algo que acontece com A Linguagem, a gente usa palavras que não conhece e quando a gente diz essas palavras o significado delas é revelado porque Deus é A Linguagem e ao dizer as palavras a gente também cria um mundo, outro mundo que é como este mas não é igual a este, esse é o mundo que criamos.

A doença não distingue pessoa, profissão nem classe social. Fica doente da mesma doença um recém-nascido e um velho, um menino cheio do dinheiro e um menino pobre, um desgraçado e um nobre, uma menina infeliz e uma menina feliz. Assim é desde os tempos dos nossos antepassados, mas a medicina com seus avanços não chega em todos os cantos que a sabedoria chega. Essa é a diferença entre um sábio e um cientista, o sábio em sua contemplação pode ver tudo, mas o cientista está limitado ao seu conhecimento. A Linguagem é natureza, A Linguagem está nas ervas, nos cogumelos crianças que nos deixam contemplar, não há canto que os cogumelos crianças e as ervas santas que foram feitas pela mão de Deus não possam alcançar com seu jogo, e por isso é que posso curar com as mãos o que alguns médicos não são capazes de curar, os cogumelos crianças o que me deixam ver não é o futuro dos adivinhos ou o passado em que vivem os ressentidos, eles me deixam ver o presente que é tão vasto e desconhecido pro próprio corpo, corpo que todos nós temos e que não acaba de se conhecer ele mesmo, foi o que eu vi quando curei Guadalupe, o amor da Paloma, na velada em que ela trouxe Guadalupe pra mim, doente com convulsões.

Paloma, Guadalupe e suas duas amigas estavam bebendo pulque e aguardente quando Guadalupe caiu da cadeira, desmaiou. Alto como é, caiu. Elas pensaram que só desmaiou porque não tinha comido, Paloma disse nem uma tortilha com sal ele comeu de manhã, ele tinha tomado uma xícara de café sem açúcar, mas não comeu nada, e elas tentaram reanimar Guadalupe, jogaram água nele, esfregaram álcool. Um boato se espalhou, chegaram mais duas pessoas, e todos juntos levaram Guadalupe pra fora, pra ele se refrescar ao ar livre, mas mesmo assim ele não se reanimou. Uma das amigas da Paloma chamou outra que deu um preparado preto pro Guadalupe e ele teve uma convulsão. Paloma e duas de suas amigas vieram até minha casa assustadas, Paloma estava branca como a lua e tão distante era o olhar dela, suada e assustada ela me contou o que tinha acontecido, me ajudou rápido a preparar a velada, sabiam que ele estava ruim mas não sabiam de quê. Paloma me disse Feliciana, Guadalupe é um touro, meu bem, ajuda ele, meu amor, que meu coração está indo com ele, minha vida, cura ele como eu curei tua vó Paz, meu coração está indo, cura ele como teu vô curou meu pai, cura ele como tu curaste Francisca porque agora tu és a única e a primeira, tens A Linguagem e O Livro é teu. Quando saíram, eu passei uma vela em cima dele pra conseguir olhar bem, a vela me comunicava com sua chama que Guadalupe estava mal, mas ele não tinha uma única ferida dos golpes que me disseram que ele recebeu, não tinha uma marca no corpo do que tinha acontecido com ele e então ele teve uma convulsão. Aí a chama da vela me comunicou o caminho pra cura.

    Passei as mãos nele e a convulsão terminou ali na esteira, pedi pra ele me dizer o nome e consegui entrar. Guadalupe caminhava em criança vestido com uma túnica de pano laranja, um laranja ardente como incêndio na noite que atraía o olhar das pessoas na rua da vila, ele andava sério, como um adulto pra quem pesa o passado, e então ele ia em direção do seu pai que estava agasalhado com uma manta do outro lado da rua. O pai olhava pro filho com a túnica de cor laranja ardente como incêndio na noite e zombava dele, dizia te vestes como as velhas que vestem santos, te vestes assim como a velha de quem nem os cães nem os *mayates** se aproximam, nisso alguém atirava nele com um rifle e seu pai caía ferido. O menino Guadalupe na sua túnica laranja ardente como incêndio na noite olhava pro sangue que começava a manchar a manta do pai, ele corria até o pai pra ajudar quando o mesmo rifle atirava no menino vestido de laranja ardente como incêndio na noite, mas não mirava nele e sim no seu pai que já estava ferido e ficou mais ferido, foi então que eu entendi que era o espírito do menino que estava ferido mas não seu corpo, e que o que estava ferido na sua alma fora seu pai quem tinha feito. Eu vi que o pai dele estava grave pelos ferimentos dos disparos, que o rifle não atingia o menino e vi que o menino se sentia culpado, e desmaiava pra compensar, e já tinha adoecido várias vezes antes de conhecer Paloma pra compensar, eu vi rápido essas doenças, mas naquele momento como nos outros momentos o menino vestido de laranja ardente como incêndio na noite estava procurando a morte pra se igualar ao seu pai, o menino amava o pai. Eu me aproximei dos dois, antes que o pai morresse eu pude dizer pro menino que ele ia morrer de qualquer maneira, que não era culpa dele, que se disparassem outra bala iam acertar ele. E eu lhe cantava uma página do Livro pra ele ajeitar as coisas com seu pai e assim curar aquele mal nas suas águas profundas. O menino vestido de laranja conseguiu falar com o pai dele, e quando o sol nasceu, eu saí com Paloma, olhei pra ela com sua cara de angústia sem ter dormido e com a maquiagem escorrida, as outras duas *muxes* que estavam com ela já tinham partido, e eu disse pra ela que Guadalupe ia ficar melhor depois de sete dias e sete noites, e depois de quarenta dias e quarenta noites ele ia ficar feliz. Depois

---

* Um tipo de escaravelho, mas também termo pejorativo para aludir a homem que tem relações sexuais com outro homem por interesse.

que a Lua se fez nova, Guadalupe veio me trazer umas moedas e me trouxe café da manhã.

Não, eu não cobro pelo meu serviço, alguém como eu não cobra pelo que faz. Cobram os políticos, os mentirosos e idiotas cobram em dobro, dizia meu vô Cosme, porque além disso não trabalham, mas as moedas não podem pôr preço no conhecimento, o próprio conhecimento é a mesma coisa que ver, e quando a gente diz pra outra pessoa o que viu não recebe moedas, ainda mais quando o que se vê é a serviço de Deus. Embora o povo venha me trazer moedas pelo que faço, e já me trouxeram moedas de toda parte, eu recebo com humildade o que as pessoas que querem meus serviços me oferecem, mas eu não cobro. Agradeço da mesma forma se me dão uma xícara de café com açúcar, como gostava de tomar meu pai Felisberto com a cara dele séria, assim como a cara do meu filho Aparicio que sempre era séria quando criança, assim como daquela vez com Guadalupe tomamos café com açúcar quando ele chegou recuperado, e agradeço a quem me dá moedas porque aqui em casa sempre fomos muitas bocas.

Uns meses depois que Guadalupe melhorou, Paloma veio me dizer estou te trazendo isso, meu amor, quem te manda é Guadalupe, minha vida, ele se sente saudável e diz que o deixaste como se tivesse nascido de novo e te manda esse buquê de flores que ele pegou pra ti na montanha. E sabe o que Guadalupe me mandou? Um buquê de flores alaranjadas, o mesmo laranja ardente como incêndio na noite da túnica que ele estava vestindo quando era criança na minha visão. Falei com ele quando o sol saiu, ele não se lembrava da velada nem se lembrava de como ele estava vestido nem disse como ele estava sério no mercado, nem contou as humilhações do seu pai, porque às vezes eu vejo uma coisa, mas o que o doente vê é outra coisa, assim é A Linguagem, se eu te digo árvore, eu vejo uma árvore, mas você vê outra, mas as coisas estão mais conectadas do que a gente vê com o olhar, e isso é o que se vê no presente, e isso é o que eu vejo. Embora você veja uma árvore e eu veja outra, isso está ligado às suas águas profundas, e isso é A Linguagem. Eu não disse pro Guadalupe de que cor era a túnica, e não contei a visão que tive nas suas águas profundas quando ele veio me ver no café da manhã. Quando Paloma me deu as flores que Guadalupe colheu pra me agradecer porque estava feliz eu sabia de qual página do Livro elas vieram, como se Guadalupe enviasse elas das suas águas profundas, como se aquele menino Guadalupe trouxesse flores pras guerras com seu pai, porque a gente leva flores pras guerras passadas, era o que Paloma costumava dizer quando destacava a cicatriz na sua sobrancelha pra ser mais vista, e ao ver as flores que Guadalupe me mandou por Paloma fiquei feliz em saber que ele já estava com a alma saudável, que o homem Guadalupe também levava as flores pro menino Guadalupe, e que o peso do laranja ardente como incêndio na noite da túnica com que seu pai o humilhou tantas vezes era da mesma cor que ele tinha trazido, agora transformado em flores.

14.

Fiz um aborto quando era ilegal fazer um aborto nesta cidade. Primeiro tentei uma pílula que não fez efeito. Não disse nada à minha irmã nem à minha mãe, embora eu achasse que ela suspeitava. Fomos a um prédio na Zona Rosa, lembro que ficava no sétimo andar e que tinha uma vista incrível da cidade. Uma amiga da faculdade me recomendara bater, sem tocar a campainha, na única porta branca daquele andar. A porta foi aberta por uma mulher que nos fez esperar numa sala onde havia revistas velhas e uma televisão ligada a todo volume. Ela me entregou um formulário que não exigia nenhum dado de Julián. Um impulso inexplicável me fez preencher o formulário com os dados de minha irmã, mostrei-lhe a folha para que me chamasse de Leandra e ele entendeu; em seguida, desceu até o 7-Eleven que ficava do outro lado da rua. O questionário perguntava coisas como quantos parceiros sexuais eu tinha tido, que religião praticava, que drogas consumia, com que frequência, e no final havia um parágrafo detalhando as coisas que poderiam acontecer comigo caso algo desse errado, algumas causas possíveis de morte, e ao assinar eu me comprometia a não responsabilizar nem o médico que ia me atender nem a clínica. Julián voltou com duas Coca-Colas. Não peguei a minha naquele momento porque iam me dar anestesia. Não ingerir líquidos era uma das poucas restrições que me indicaram quando marquei por telefone.

Como você soube de nós?, perguntou a mulher de cabelo curto pintado com luzes e unhas decoradas, quando a moda das unhas de porcelana ainda não havia surgido, que me entregou e pegou o formulário de volta. Por uma amiga. Muito bem, ela me disse com uma voz estridente, vista esse avental que o médico quer te ver. No caminho para o banheiro havia vários quartos com as portas fechadas e eu vislumbrei de uma porta entreaberta uma garota dormindo numa cama; no fundo havia uma porta aberta com uma placa de metal, uma luz de centro cirúrgico e uma pequena janela retangular com persianas verticais. O piso do apartamento era de parquê, as paredes e o teto tinham um acabamento em gesso. No teto, em volta das lâmpadas leitosas havia círculos mais claros e nas paredes se viam vestígios de pinturas ou fotografias que antes estiveram penduradas ali. A soma dessas geometrias fantasmas evidenciava que o lugar era alugado, que provavelmente antes era um apartamento no qual morava uma família. Voltei do banheiro e vi que as unhas decoradas da recepcionista tinham o logotipo da Chanel feito à mão. Os logotipos não eram idênticos, mas em todas as unhas havia no meio uma pequena estampa prateada como um strass no centro de duas letras C de costas uma para a outra. Julián tirou da mochila o dinheiro que tínhamos distribuído em notas de pequeno valor, contou-o duas vezes, e lembro muito bem que, sob a lamparina de mesa acesa em plena luz do dia, suas unhas brilhavam.

O médico, com quem eu tinha falado por telefone, me explicou o procedimento no verso de um receituário com desenhos que mais pareciam linhas e círculos desconexos. Eu estava na nona semana e ele ia fazer uma aspiração que qualificou como um procedimento simples. Mesmo que eu não me sentisse confortável no lugar, parecia ter tido sorte. O médico me inspirou confiança. A primeira coisa que pensei é que aquele último parágrafo assustador no formulário seria pelo menos descartado. Ele me perguntou o que eu estudava, onde trabalhava e me disse que as duas consultas seguintes de retorno não iam custar nada e que eu podia voltar à universidade e ao trabalho no jornal assim que me sentisse bem.

Uma anestesista com cílios lisos, sobrancelhas caídas, rosto sem maquiagem, cabelos curtos, com ar de freira e um cheiro forte de creme, o único cheiro de que me lembro daquele dia e que me faz recordar o acontecimento toda vez que o sinto de novo na rua, referia-se a mim paradoxalmente como "mãe"; ela me pediu que contasse de cem a um, e depois de três ou quatro números apaguei. Quando acordei, a mulher das unhas com o logo da Chanel me disse Já terminamos, descanse um pouco e depois pode ir para casa. Perguntei por Julián, ela disse que ele não tinha saído da sala e que em breve poderíamos ir embora. Adormeci por um tempo, mas uma forte cólica me acordou, e depois de uma cortina de analgésicos que parecia ficar transparente, me levantei. Julián me alcançou assim que cruzei a porta, e pouco antes de chegar à sala de espera, a mulher das unhas Chanel me disse Tenho certeza de que você está sentindo dor, e ainda vai continuar assim hoje e por mais uns três ou quatro dias, mas quando você sair do prédio tente andar com as costas retas, querida, especialmente no elevador não fique toda encurvada nem segure a barriga, por favor, estou te pedindo por causa dos vizinhos.

Tínhamos chegado à clínica de metrô e pegamos um táxi para o quarto de Julián. Havia muitos degraus até chegar à cobertura. Eu estava sentindo mais dor do que quando saímos.

Deitei em sua cama e adormeci à uma e meia; dormimos os dois no colchão sobre o piso, e quando acordei, já à noite, percebi que tinha chovido durante a tarde. Nunca podia imaginar que Julián ia sofrer, mas às vezes uma bola atinge a outra sem que tenha sido previsto; ele acendeu uma vela que colocou numa garrafa de vinho vazia que havíamos comprado na loja lá embaixo, e sem me olhar nos olhos pediu desculpas por não poder assumir. Foi desconcertante, eu nem tinha insinuado nada daquilo. Ele me contou sobre um fim de semana em que esperou uma ligação de sua mãe em Piedras Negras e a ligação nunca veio. Ela o deixara com seu pai, e a situação pela qual tínhamos acabado de passar o fez sentir-se culpado, como se tivesse se convertido em tudo aquilo que o fazia sofrer vindo da mãe dele. Eu não me sentia mal ou culpada pela decisão. Estava com muita dor no corpo. As primeiras horas, percebi mais tarde, haviam sido as mais difíceis. Julián tinha guardado a Coca-Cola que eu não pudera tomar antes, e isso foi tudo o que ingeri naquele dia, e à noite dormi de novo até o dia seguinte quando a ligação de Leandra me despertou.

    Eu havia deixado o Valiant 78 em casa. Minha irmã pensava que eu estava na casa de uma amiga e me perguntou se ela podia usá-lo (outra pessoa ia dirigir), e também queria saber se eu voltaria para casa mais tarde, para o jantar. Julián tinha ido à biblioteca, e enquanto eu falava com minha irmã li um bilhete que ele me deixara dizendo que voltaria mais tarde. Era sábado, eu não precisava ir trabalhar, podia ficar na cama o dia todo, se quisesse. Enquanto ouvia a voz de minha irmã, sem conseguir prestar muita atenção, lembrei-me do sonho: estava numa casa desconhecida que parecia comum, mas ao sair eu percebia que era possível ver através das paredes. Voltava a entrar naquela casa que pertencia a outra pessoa, eu não sabia quem, mas por algum motivo eu estava sozinha naquele lugar. Notava que as paredes começavam a ficar transparentes e que o telhado era de vidro. Pensava que ninguém me via, ninguém passava por ali, de repente passaram três adolescentes desconhecidos e olharam para dentro. Apontaram para mim. Um deles zombava de mim. Havia um aspersor de jardim e eu me sentia tranquila olhando para ele. Aparecia um cachorro e começava a brincar com o aspersor. Então eu percebia que não estava tão sozinha como dentro da casa transparente, e o cachorro parecia um bom companheiro, de repente o melhor. Não voltei para a casa transparente, aquele cachorro começou a me seguir em minha caminhada sem rumo. Enquanto Leandra me contava quem iria à exposição, aparentemente alguns artistas, galeristas e editores conhecidos de Jacinta, amigos de amigos de minha irmã, e como se a ligação tivesse mostrado a relação entre meu sonho e a realidade, como um fio que eu descobria ao ter outra perspectiva, de repente compreendi que tinha dado seu nome no formulário como reflexo para me esconder de uma situação que fazia com que eu me sentisse mal. Eu não estava confortável dentro de casa naquele sonho porque as paredes eram transparentes, e com a voz de minha irmã como pano de fundo, achei melhor ficar fora daquela farsa do que dentro dela. Não há onde se esconder, muito menos quando você passa por algo assim. Além do mais, eu não queria me esconder e, embora não prestasse atenção no que Leandra dizia, foi importante ouvir sua voz. Por que eu tinha me escondido atrás do nome de minha irmã? Por que não lhe contei mais tarde? Por que minha decisão não era digna? Por que eu tinha de me justificar? Um dia após o aborto, depois que dormi até ser acordada pela fome, fui para casa à noite. Na segunda-feira voltei à faculdade, e depois das aulas, a caminho do jornal, liguei para dois abrigos para cães. Alguns dias depois, cheguei em casa com uma cadelinha adotada que tinha cerca de um ano. Minha menstruação atrasou depois do sangramento induzido, mas logo se regularizou. Minha mãe ainda não tinha chegado do trabalho quando Leandra viu a cadela, contei em detalhes as opções que eu achara num abrigo e, enquanto descrevia outro cachorro de que gostara, Leandra começou a chamar a cadela de Rumba, por causa das passadas descoordenadas que ela dava no chão escorregadio da cozinha, que minha irmã havia acabado de limpar. Eu disse a Leandra que tinha feito um aborto dias antes. Se você tivesse me dito, eu teria te acompanhado, mana.

Em todos esses anos que passaram, nunca me arrependi; pelo contrário, tomaria a mesma decisão. A culpa de Julián logo diminuiu. Faz muito tempo que não nos falamos, paramos de seguir os rastros um do outro em parte porque ele foi para Chihuahua para viver com o pai e em parte porque assim é que saíram as cartas. Mas logo depois que completei trinta e três anos, alguém na redação do jornal pediu comida de um restaurante próximo, e um menino de catorze, quinze anos trouxe embalagens pardas com pratos de melamina bege, copos e gelatinas amarelas que distribuiu entre nós que tínhamos feito o pedido. Algo em seus gestos me lembrou Julián, e foi a única vez que pensei que se tivesse tido um filho aos dezenove anos essa criança teria aquela idade, e imaginei que seus gestos seriam iguais aos do menino que entregou comida no escritório. Conforme o via se movimentar, me convencia de que assim, como ele, teria sido o filho que eu não tive com Julián.

Sempre pensei que para engravidar bastava parar de se cuidar e depois de três meses no máximo viria um teste positivo, mas não foi assim que Félix chegou. Passei tanto tempo me cuidando para que não acontecesse de novo que eu não imaginava que levaria anos para engravidar. Às vezes falava com minha mãe sobre o assunto, e ela sempre usava a mesma frase para encerrar a conversa: "Mesmo que você puxe a flor, Zoé, ela não cresce mais rápido". Minha mãe tem cinco, seis frases universais que meu pai, Leandra e eu conhecíamos bem e que ela usava para fechar a boca, para encerrar a conversa. Durante aqueles anos em que Manuel e eu deixamos de nos cuidar eu não sabia se ia acontecer ou não, e a frase da flor era o fim do assunto. Algumas vezes pedi a ela que, com seu dom da clarividência, me dissesse se íamos engravidar ou não, especialmente quando comecei a duvidar que isso era possível, pedindo com insistência a minha mãe que me dissesse que tudo ia ficar bem, em vez de procurar respostas médicas, mas ela fechava os olhos e me dizia: deixe eu me conectar com o além, e depois soltava a mesma frase da maldita flor. Ela ria quando via minha cara e me dizia seu clássico: "A vida tem outras regras que não são as do consumo, você tem que saber disso, Zoé; além do mais, não existem oráculos, as coisas acontecem quando têm de acontecer".

Também foi ela quem, ao abrir a porta de sua casa uma vez que fui vê-la, me disse Uau, uau, filhinha, essa gravidez vai ser maravilhosa para você. Ainda era cedo para fazer um teste de gravidez, eu não estava diferente nem sentia nada de estranho. Era pouco provável que tivesse acontecido naquele mês em que nós dois havíamos trabalhado muito, mas, algumas semanas depois, liguei para dizer a ela que o teste tinha saído com duas listras rosa, e então ela me respondeu, tranquila: "Claro, Zoé, é um menino saudável e precioso. Seu pai deve estar muito emocionado lá onde está, porque seu primeiro neto está chegando". Foi uma notícia feliz para nós dois, eu lembro que Manuel naquela noite começou a procurar carrinhos na internet e isso me enterneceu muito, mas jamais vou saber por que minha mãe estava tão segura nessa ligação de que Félix era Félix. Se foi chute, intuição ou que diabos.

Leandra começou a sair com uma garota na época em que fazia a oficina de fotografia. Anna era a irmã mais nova de uma amiga da dentista com quem minha irmã trabalhava. Elas tinham se visto por acaso no consultório, depois se encontraram numa festa e então começaram a sair. Anna era veterinária e alguns anos mais velha do que nós. Estava fazendo um estágio com cavalos num clube equestre para obter a licenciatura. Tinha um topete azul que costumava usar de lado e o cabelo preto quase sempre preso num rabo de cavalo curto. Usava uns óculos de armação grossa e, quando você a fitava, Anna os empurrava até a ponta do nariz como um tique, um reflexo que tinha embora os óculos não estivessem escorregando, como se ela se sentisse descoberta. Tinha braços compridos com marcas de urticária e uma grande cicatriz redonda de vacina. Ela corava com muita facilidade, tinha uma voz grave, um jeito lento de falar, e a voz de minha irmã, especialmente naquela época, também era grossa, mas menos que a de Anna. A voz de Leandra ganhara presença, suas gargalhadas eram contagiantes, ocupavam espaço em qualquer lugar. Aos dezessete anos, ela andava nua entre o banheiro e o quarto, sentia-se confortável com seu corpo, e sua risada refletia o mesmo conforto. Aos treze anos, na época em que provocou o incêndio na escola, minha irmã fazia comentários tenazes, mas seu tom de voz era mais baixo, com o tempo ela foi ganhando confiança, como quem escreve em letras miúdas numa certa idade e depois escreve em letras redondas e grandes sem se importar muito com as linhas da folha. Lembro que em meu papel como irmã mais velha tentei várias vezes ajudar Leandra quando achava que ela precisava, como uma vez em que meu pai a mandou carregar umas peças para consertar um carro, parece que ela não conseguia carregá-las, mas meu pai, que estava debaixo do carro, saiu como um foguete para me dizer Não a ajude, filha, Lea pode com tudo, e acho que esse tipo de comentário a fortaleceu, talvez a levou a ter a confiança que ela demonstrava. Acho que aos dezessete anos, quando ela não tinha a mesma necessidade de chamar atenção como aos treze, Leandra estava mais segura de quem era.

Sua namorada Anna era o completo oposto. Parecia ter vergonha de sua materialidade, como se com aquela voz lenta, grave, que tornava complicado ouvi-la, como se ela fosse uma letra a lápis, sem pressão sobre a folha, e com seu jeito silencioso de ser ela quisesse se apagar da página. Um sábado, Leandra me chamou no celular para dizer que Anna tinha feito uma tatuagem no braço, e que ela logo faria uma. Julián e eu fomos ao cinema com elas mais tarde naquele dia, e sob a cicatriz redonda da vacina Anna tinha uma tatuagem coberta com filme plástico e uma gaze e não conseguíamos vê-la. Elas iam a uma festa, nós a outra, mas antes de nos separarmos fomos jantar juntos. Lá eu pude ver mais de perto a dinâmica entre Anna e minha irmã. Ficou claro que Leandra não tinha certeza de quase nada, mas sua autoconfiança parecia atrair muito Anna, que parecia ter confiança em quase tudo menos em si mesma. Minha irmã disse algo abertamente sexual e Anna ficou brava com ela. Leandra lhe deu um beijo que chamou a atenção de uma mulher que dava de comer a um garotinho na mesa ao lado, visivelmente escandalizada, e nos disse que no caminho para o banheiro ia dar um beijo naquela mulher para que seu espanto diminuísse. Fui atrás dela até o banheiro. Depois de lavar as mãos — na época ela secava as mãos passando os dedos pelo cabelo —, ela me disse Dois em um, mana, você penteia o cabelo e seca as mãos ao mesmo tempo. Ela quase sempre saía do banheiro com sua longa franja penteada para um lado, e ao mudá-la de lado, me perguntou o que eu achara de Anna. Nós tínhamos conversado pouco, mas eu tinha gostado dela. Perguntei se Leandra estava feliz e, retocando os lábios com um batom que levava no bolso da calça, minha irmã me disse Foda-se aquela dona intrometida e foda-se todo mundo que fica julgando, se soubessem como é incrível dar um beijo na sua namorada, mas não, todos fazem essa cara de cu quando alguém age de um jeito que não aprovam. Você gostou da tatuagem dela?, perguntou. Leandra me mostrou o desenho no celular: era a cara de um cachorrinho, uma caricatura que ela havia encontrado na internet. Eu queria fazer o desenho em cerca de três ou quatro linhas simples, mas gosto de como ficou, minha irmã me disse. Mais tarde, fez sua primeira tatuagem de acordo com a promessa que tinha feito a meu pai.

Leandra me apontou o lugar no braço em que faria sua primeira tatuagem, e caminhando na minha frente de volta à mesa, me disse Você devia se animar, deve ser bem legal se destacar num necrotério por ter tatuagens horríveis das quais você se arrepende, como ter um maldito Pernalonga tão malfeito que parece um frango assado, mas ninguém mais tem os mesmos traços, e acho que num necrotério, onde finalmente todo mundo é igual, deve ser bom que alguém fale olha que merda, essa pessoa tem um puto de um frango assado no braço, e o outro diz eu gosto de frango assado com sanduíche de abacate, cara, e que falem sobre frangos assados de tão malfeita que está sua tatuagem e fiquem confusos com seu Pernalonga idiota, mas assim te distinguem do resto e você diverte os dois.

Minha irmã foi com Anna à exposição coletiva no Centro da Imagem. Um dos fotógrafos que também estava expondo flertou com Leandra. Descobrimos mais tarde que ele tinha trinta e um anos, mas na época achamos que era mais velho. Julián e eu especulamos sobre sua situação sentimental e sobre por que ele estava flertando com Leandra que mal completara dezoito anos. Essa breve paquera foi suficiente para Anna fazer um drama com Leandra. Elas discutiam num canto, eu me lembro do sorriso da minha irmã e de como ela mudava o cabelo de um lado para outro, o cabelo ondulado que tinha herdado de meu pai, enquanto Anna levantava os óculos até a ponte do nariz, seu tique estava fora de controle. Era evidente para mim que Leandra não se preocupava com a cena de ciúmes; pelo contrário, estava longe de se preocupar com algo além daquela exposição. Estava feliz por estar ali, e é claro que não queria que ninguém soprasse as velinhas em sua própria festa. Anna foi ao banheiro, irritada, corada, e não a vimos mais na inauguração. Aquela exposição foi o primeiro passo da vida profissional de minha irmã, foi um dia importante para ela. Talvez todos nós tenhamos na adolescência um momento assim, um chamado do futuro, um convite ao que vem pela frente, o comentário de alguém mais velho que determina nosso caminho.

Naquela noite, um homem se aproximou dela para convidá-la a publicar uma de suas fotos numa revista, e uma mulher baixinha de cabelos loiros que falava espanhol fluente, mas com um forte sotaque inglês, se aproximou de minha irmã para conversar sobre o trabalho de Leandra. Anna tinha desaparecido depois de seu ataque de ciúmes. Minha irmã estava feliz conversando com a baixinha de cabelos loiros e voz melodiosa, em algum momento as deixei e fui fazer companhia à minha mãe e Julián que vagavam sem rumo, cada um com sua taça de vinho. Aquela mulher com quem ela falou na exposição a procurou anos depois para comprar uma série de fotografias, uma das primeiras que minha irmã fez. Era uma colecionadora especializada em artistas latino-americanas, seu acervo se distribuía por alguns museus ao redor do mundo, e ela comprou uma das primeiras séries de Leandra. Jacinta ficou muito impressionada com o fato de Leandra e aquela mulher terem conversado. Foi depois que terminou de falar com a mulher baixinha de cabelos loiros que Jacinta lhe disse que ela era A colecionadora, que tinha uma casa enorme em Londres perto do Victoria and Albert

Museum, que dava uns jantares lendários com vários artistas e donos de galerias que a adoravam e a procuravam.

Jacinta conhecia alguém que havia entrado de penetra numa de suas festas chiques e ficou sabendo que a mulher tinha uma impressionante coleção de arte feminina latino-americana, bem como uma coleção de primeiras edições da literatura latino-americana porque sua filhinha lhe dizia que queria ser escritora, a colecionadora dera à luz numa viagem a Buenos Aires e a menina tinha nacionalidade inglesa. Jacinta sabia que a filha da colecionadora falava um espanhol perfeito. Algumas coisas lhe contaram diretamente, outras ela lia nas revistas de fofocas que folheava na fila do supermercado, ela mesma não sabia que a colecionadora estava no México, mas a reconhecera naquela noite pelas fotos que tinha visto dela com todo tipo de celebridades.

Quando Leandra veio ao nosso encontro, minha mãe perguntou por sua amiga Anna. Leandra, que até então só se referia a ela pelo nome, disse Mas ela não é minha amiga, mãe, ela é minha namorada, e foi embora porque ficou com ciúmes de algo estúpido. Fomos então nós quatro comer churros com chocolate numa lanchonete no centro aonde minha mãe gostava de nos levar com meu pai desde pequenas quando estávamos por perto, um pequeno local aonde seu pai a levava quando criança, ela e seus irmãos.

Leandra nos disse que não entendia por que Anna era tão ciumenta, por que não podia levar as coisas de forma mais leve. Disse na mesa, olhando para Julián, Você não sabe como ela fica, ela se agita e obviamente sou eu que faço tudo errado e ela é uma santa que faz tudo certo. Chegou uma mensagem de Anna que minha irmã não respondeu. Enquanto Julián e minha mãe conversavam, Leandra e eu especulamos sobre a vida amorosa do fotógrafo que flertou com ela naquela noite. Seu celular tocou, ela olhou, me disse Deve ser Anna ligando não sei de que número, já volto. Saiu alguns minutos e quando voltou me disse em voz baixa Era O Senhor, pediu meu número de telefone pra Jacinta. Ele perguntou por que Leandra tinha ido embora sem se despedir, e o que ela achava de eles se encontrarem qualquer dia. Minha irmã estava feliz, como se seu humor naquela noite tivesse sido o ímã que atraíra todas as limalhas de ferro ao seu redor.

15.

Eu tenho visões desde criança, minhas visões se parecem com o cinema. Já fui no cinema umas vezes, embora aqui em San Felipe não tenha nenhum, me levaram até a cidade pra assistir. A primeira vez fui com uns ingleses que me levaram pra cidade pra ver o filme em que eu apareço, eles vieram aqui no vilarejo, passaram um tempo aqui comigo andando pelas *milpas*, fumaram tabaco comigo, comemos a comida da minha irmã Francisca, ficaram me fazendo perguntas do mesmo jeito que você me faz perguntas com a máquina, eles me gravaram com umas máquinas grandes que trouxeram, vieram com seus intérpretes, gravaram Apolonia e Aparicio nas *milpas*, Aniceta e Francisca não deixaram eles gravarem, pra Paloma faziam perguntas que ela respondia e quando o intérprete terminava ela mesma se fazia mais perguntas pra eles continuarem gravando ela com suas máquinas, gravaram uma cerimônia que eu fiz com um menino doente que eu curei com ervas e me acompanharam até o monte pra escolher ervas e fazer um Vinho pra uma criança com uma doença que um médico sabido não podia curar, eles queriam ver como eu curava a criança. Eu dei cigarros pra todos eles, café com açúcar como meu pai Felisberto gostava, Apolonia oferecia comida pra eles, os senhores ingleses achavam ela bonita, me dizia o intérprete, Aniceta estava se escondendo na loja como rato porque aqui tinha máquinas e pessoas, minha irmã Francisca trabalhava nas colheitas com Aparicio, Paloma fazia o menino intérprete rir, um menino magro que os ingleses trouxeram, que parecia que com um sopro ia sair voando, como o saco plástico vazio voa, com um golpe do vento parecia que o menino voava, estava todo sorrisos com Paloma, ficava vermelho fácil, porque Paloma dizia abertamente coisas sobre sua vida de farra e o intérprete menino se punha todo vermelho. Uma vez eles estavam preparando suas máquinas enormes e Paloma disse ao intérprete, meu amor, eu já fiz sexo só por ser bem-educada, uma vez não consegui tirar um homem da minha casa porque sou educada e disse pra ele ficar, meu amor, e nem por sonho eu ia deixar de oferecer o abrigo dos meus calores. Guadalupe às vezes ia pras montanhas e deixava a casa no comando da Paloma, ele não saía com outras *muxes*, ele não precisava, há pessoas que precisam e pessoas que não precisam, eu aqui vi isso com muitas pessoas, Guadalupe não precisava sair pra farra e nem se importava, Paloma não lhe dizia quando saía com outros, Paloma era assim, alegre, gostava do trato com outros homens além da sua casa com Guadalupe, e Paloma contou pro intérprete tudo sobre suas farras, o menino se via que era *muxe*, dava pra ver só de olhar, mas a galinha estava guardada lá dentro dele, e Paloma jogava sementes nele pra ver se ele bicava alguma, mas o intérprete menino ficava todo vermelho.

Apolonia tinha aprendido a falar um pouco de espanhol, assim como Paloma também falou espanhol com o intérprete, assim falavam com o homem que trouxe as pessoas, aquele que veio fazer o filme, Aniceta também aprendeu, mas não disse nada, Aparicio sabe só uns palavrões e ninguém entendeu nada. O menino intérprete era um estudante de letras de uma universidade na Inglaterra, ele falava bem minha língua, você sabe que do outro lado da ravina outras palavras são usadas, do outro lado do rio, outras, e outras se usam passando a serra, e o intérprete falava aqui palavras que a gente não usa, mas eu entendo os intérpretes que me trazem, esse que veio, lhe digo, traduzia poesia mazateca, zapoteca e mixe pro inglês lá na sua universidade, e ele era magro como uma espiga e ficava vermelho quando falava, usava os *huaraches* que comprou no povoado com meias brancas, e eu dizia pra ele menino por que tu pões essas meias se estás usando *huaraches*, não precisa comer os tacos com talheres eu dizia pra ele, mas no dia seguinte eu via o menino entrando pela porta da cabana, abaixando a cabeça porque não cabia de tão alto, e me trazia algo da vila, e eu nem falava mais nada sobre as meias e os *huaraches*, o menino intérprete tinha boas intenções e não sabia como usar nossas coisas, mas sabia como falar nossa língua como se fosse daqui, parecia que daquele jeito loirinho e comprido tinha nascido aqui na serra, do povo estrangeiro esse menino foi o que mais entendia nossas línguas.

Paloma saiu no filme e foi por causa dela que o cinema estava cheio de *muxes* que trouxeram muita animação, gritos e elogios quando fomos no cinema da cidade, nem lhe conto como Paloma estava arrumada e como arrumou minha filha Apolonia pra ir no cinema. O menino intérprete foi comigo, sentou com a gente, e ia me dizendo tudo o que diziam antes que o filme começasse, e depois, quando fizeram umas perguntas que o inglês respondia.

Quando olhei pra mim mesma fumando na *milpa*, lá no cinema, que é como o filme começa, senti uma coisa muito estranha. Como posso lhe dizer? Paloma pôs espelhos aqui na nossa casa, ela me disse Feliciana, minha vida, tuas meninas são tão bonitas, Francisca e tu são tão bonitas, não podem sair assim como peidos de boi sem antes se ver como seus brilhos se destacam, meu bem. Aqueles espelhos que Paloma trouxe pra nossa casa me pareciam bonitos, não porque eu podia ficar me olhando, isso não me interessa, mas tudo se reflete lá e eu achava isso bonito, porque os espelhos parecem ser feitos pela mão de Deus, como Deus fez as pedras e os rios que correm, assim parecem os espelhos que voltam os reflexos pra nós. Ver-se no cinema é muito diferente de se ver em espelhos, mas nas cerimônias a gente se reflete a si mesmo, como nos espelhos. Nos sonhos a gente olha como faz as coisas, olha pras coisas que faz e é estranho se ver nos sonhos, porque a gente se aproxima das coisas e não pode pegar nada, não desperta com nada trazido do sonho porque os sonhos são reflexos. No cinema, uma imagem segue outra que segue outra que segue outra e não se pode pegar nada como nos sonhos, mas tudo o que vemos aconteceu, a gente vive tudo o que vê, e assim são as visões que eu tenho, como o cinema. Os sonhos são ligeiros como os pássaros, a gente esquece rápido dos sonhos porque eles voam, mas não esquece do que vê no cinema, porque a gente viveu aquilo, assim são as visões. A gente não guarda nada das visões que vivemos, mas elas vêm até nós pra trazer uma mensagem que essa sim conseguimos pegar, assim como não levamos nada desta vida, porque nada é nosso nesta terra, tudo é Deus quem empresta pra gente, tudo o que temos tem Seu nome, deixamos tudo nesta terra quando partimos porque tudo é emprestado, e se alguma coisa nós levamos é Sua mensagem, e essa mensagem nós podemos ver na cerimônia.

Paloma estava alegre, Paloma me dizia Feliciana, meu amor, eu sou uma estrela de cinema, no filme eu falo do meu pai Gaspar que me passou o dom da cura no sangue, mas eu te digo que o açúcar que eu trago no sangue pra adoçar foi cultivado com minha cana, meu amor, deixa que me deem uma novela como as que Aniceta assiste na televisão da loja com a menina, minha vida, deixa que me vejam numa velada, meu bem, convida os ingleses pra uma velada e que me vejam dançando: ponho fogo até nos mais apagados. Aniceta, como minha irmã Francisca, não falava do filme, Aparicio disse que eu não tinha voz de menina como saiu no cinema, mas ele estava fazendo suas mudanças de voz e estava chateado. Não sei como os filhos puxam tanto os mortos, porque Nicanor estava chateado assim quando voltou da guerra, como Aparicio estava irritado com as mudanças de voz. Paloma me dizia Feliciana esse filme te fez famosa, meu bem, é por isso que eles se deixam vir bonitos de todos os lugares, tão bonitos os homens que vêm te conhecer que eu vou comprar uma máquina pra tirar fotos deles e vender no mercado, querida, e ponho nelas meu beijo vermelho pra vender mais caro, bonitona.

Muitas pessoas vieram me ver, falavam outras línguas, vinham de terras distantes e perguntavam por mim. As pessoas vinham de toda parte, vinha gente de universidades da Inglaterra e dos Estados Unidos, pessoas do Japão vieram aprender sobre os cogumelos, queriam que eu falasse pra uma intérprete do meu tamanho, que trouxeram do Japão e tinha o cabelo brilhante como uma noite clara, ela me dizia Feliciana como a gente cuida dos cogumelos pra levar pro laboratório no Japão, ela me dizia toda séria, como era sério meu menino Aparicio desde a época em que a gente punha ele no buraco do lado da *milpa*. Os homens diziam coisas na sua língua para que os estudantes dos cogumelos que vieram soubessem como cuidar dos cogumelos no seu laboratório na universidade no Japão, e eu dizia pra eles e pra intérprete com cabelos brilhantes como a noite clara: é o contrário, os cogumelos é que vão cuidar de vocês, levem eles embora pra eles cuidarem de vocês no Japão. E os homens japoneses riam, a intérprete dizia coisas pra eles e eles riam, não entendiam o que eu dizia, e a intérprete do meu tamanho muito séria não ria, ela dizia tudo o que eu dizia pra ela como se fosse uma missa.

Então veio gente que queria me levar pra Europa pra falar com mais gente, me diziam Feliciana fala com as pessoas nas universidades, porque elas querem te conhecer. Paloma me dizia Feliciana, meu amor, vamos com esses loiros, eu digo pro Guadalupe que estamos indo pra serra Tarahumara pra fazer algum trabalho com os velhos doentes, mas vamos passear com os loiros e a gente se fotografa em tudo quanto é lugar, minha vida, as bonitonas ao redor do mundo. Eu não tenho documentos, Paloma também não tem documentos, mas a gente que vinha aqui oferecia documentos pra mim e pra Paloma. Eu ouvia todos eles com humildade, porque eu sabia que eles queriam que eu fosse com as pessoas nas universidades da Europa, eu ouvia eles com humildade pelas boas intenções, por agradecimento a eles e a Deus, mas eu nunca saí daqui porque esta é minha casa, isso é o que eu faço, e o que eu faço não é ir falar com as pessoas nos auditórios, eu não falo com as pessoas nas universidades, eu não faço viagens pro exterior. Pras viagens que eu faço não é preciso sair da cabana, as viagens que eu faço são com A Linguagem. Paloma queria ir aonde quisesse pelo mundo, disse pra uns franceses que levassem Guadalupe e ela, eles perguntaram quem é Guadalupe, e Paloma disse é meu marido mas eu posso ir sozinha, mas não quiseram levar Paloma por mais elogios e sorrisos que ela deu pros franceses. Eu disse levem Paloma, ela traz no sangue o mesmo que eu trago no meu sangue, ela herdou do meu vô e do meu bisavô, ela me ensinou tudo o que sei sobre o assunto, Paloma foi quem me disse O Livro é teu, e Paloma olhava pro povo francês e eu dizia ela pode ensinar muito pras pessoas nos auditórios da Europa, porque aqui no vilarejo e em casa é Paloma que ensina todo mundo, mas os franceses não quiseram levar ela, e Paloma me deu um beijo porque eu tentei ajudar ela com os franceses.

 Sim, vieram aqueles músicos jovens da Argentina, Paloma me dizia que eram muito conhecidos, embora ela também não soubesse muito bem por que eles eram tão famosos, alguém disse pra ela na vila e os boatos viajaram porque vieram muitas pessoas da cidade quando descobriram que aqui iam vir os meninos músicos da Argentina. Os três meninos faziam as meninas gritarem, um monte de meninos seguia e cantava as músicas deles. Apolonia não conhecia a música deles, mas ficou nervosa quando o menino da voz cumprimentou ela, eu vi que ela não podia olhar pra eles nos olhos, eles tinham grandes ares, não ares pesados, mas eles tinham forças nos seus ares, essas forças eu posso ver sem que as pessoas me digam o que fazem, tem pessoas que eu vejo os ares delas sem que me digam nada. Todos nascemos com ares, alguns são vistos no primeiro olhar. Do que eu vi nas suas duas veladas, eles eram meninos simples, seus ares eram grandes, maiores os ares do menino da voz, o que eu vejo nos ares é a criação, a criação é o que se vê no ar, não é a trilha das pessoas que celebram as pessoas, nem os aplausos, são as criações que eu vejo, esses são os grandes ares que eu lhe digo, esses ares eu vejo rapidamente quando os artistas vêm me ver. Eu vi a trilha grande de um poeta que veio da cidade pra me ver, um poeta loiro, a trilha dele era grande e eu disse tu trazes a trilha da criação. Se alguém nasce com a criação, não importa como se vista, não importa que um médico sabido se vista com seus jalecos brancos, o que importa é que ele traz a cura nos seus ares, importam suas ações e suas criações porque essas são as que trazem força, as pessoas que olham pra eles sabem que ali estão as forças, e os três músicos da Argentina tinham ares, se davam bem entre eles, a gente via que se entendiam. Paloma cantou com eles algumas músicas que tocaram na minha casa, algumas músicas mexicanas que eles conheciam e que Paloma conhecia, essa fotografia que você fala foi tirada por um menino que veio com eles pra quem eu não fiz a cerimônia, mas muito gentil enviou essa fotografia que Paloma tinha perto do seu espelho com fotografias de outras pessoas famosas, eu não quis sair nessa fotografia com os jovens músicos da Argentina, mas Paloma saiu. Eu fiz pra eles duas veladas com os cogumelos e depois eles me enviaram um disco que tinha algumas músicas inspiradas nessas veladas, eles me disseram que uma delas era dedicada a mim. A mãe de um deles tinha morrido, foi ela quem deu pra ele o primeiro violão e eu vi na velada que ela ensinava ele a tocar violão num banheiro branco como a neve quando desce da montanha, branco assim era o banheiro e se sentia frio, ela dizia pra ele a música se ouve melhor no banheiro, e ele pôs as mãos no rosto quando eu disse isso. Aqui eu não tenho onde ouvir essa música, tenho o disco que você está me dizendo, os meninos músicos da Argentina que me enviaram, minha irmã Francisca guarda todas as coisas que me mandam, a música, os jornais, as notas, uns livros. Não sei ler, mas aprecio os livros mesmo que não consiga ler porque na sua forma eles são todos iguais como somos iguais nós, todas as pessoas na forma, eu aprecio os livros porque são iguais ao Livro e porque todos são filhos da Linguagem.

 Sim, o desenhista de filmes pra crianças veio, sim, ele nos mostrou seus desenhos e mais tarde ele trouxe coisas da criança com violão. Então, de lá dos Estados Unidos, enviou outras coisas depois da velada que tivemos com O Livro. Como eu, foi seu vô que criou ele, porque eu tinha meu pai Felisberto mas meu vô Cosme me criou, meu pai morreu da pneumonia que levou ele embora e eu amava meu vô Cosme como se fosse meu pai, embora meu pai Felisberto eu honre todos os dias com meu trabalho, porque se a gente honra os antepassados nossos pés estão bem firmes na terra, e o senhor desenhista de filmes pra crianças foi criado pelo seu vô, eu vi a casa dele cercada de verde, um verde brilhante e uma casa branca de muitas janelas eu vi, e vi o desenhista: a mãe dele foi embora de casa, eu vi quando ela saiu de casa e deixou o filho, o vô passou pra pegar a criança e criou ele, dava suas moedas pra ele ir pra escola, dava abrigo e comida seu vô, eu vi que a criança falava com os brinquedos e com as coisas e de lá saíam as criações dele com o cinema de crianças que era seu trabalho, e comprou uma casa pro vô com sua primeira criação, isso ele me disse, eu não vi isso, mas eu vi sua casa quando criança e disse o que ele dizia pras suas coisas, e das coisas que ele dizia pra elas quando a mãe abandonou ele, ele fez um filme pra crianças depois das nossas veladas. Ele me mandou cartas que leram pra mim como liam as cartas que Nicanor me enviava quando estava na guerra com os soldados revolucionários, suas cartas muito amáveis todas, em todas era muito agradecido o senhor desenhista de cinema pra crianças. O nome do filme pra crianças eu não lembro, mas você vai encontrar rápido no seu aparelho, é um filme pra crianças que saiu do que o senhor desenhista viu na velada. Nos passeios dele veio a ideia pro Dia dos Mortos. As coisas que sempre perseguiram ele em sonhos e as coisas que perseguiram ele em pesadelos fizeram as pazes, ele me disse, e foi embora tranquilo porque viu quando sua mãe foi embora, ele viu por que sua mãe saiu de casa e as coisas que ele dizia pras suas coisas deram a entender onde ela estava quando ele veio me ver, porque é isso que A Linguagem faz: põe ordem nas coisas, como a primavera que vem depois do inverno que desbloqueia a semeadura, A Linguagem leva aos tempos férteis do verão, dá ordem pras coisas que a gente viveu e então a gente olha claramente pro presente. Ele ainda continuou mandando pros meus netos coisas da sua criação, e o senhor desenhista de filmes pra crianças queria que meus filhos levassem meus netos pra ver seus filmes nos Estados Unidos, depois quis pagar uma viagem pros meus filhos pros Estados Unidos, mas minhas filhas não quiseram e Aparicio pediu o dinheiro em vez das viagens. Depois, o senhor desenhista de cinema pra crianças fez me levarem pra cidade pra ver seu filme inspirado pela velada, eu fui com minha filha Aniceta que entendia e me contava algumas partes, Aparicio não conseguiu ir com meu neto, Paloma não quis ir com a gente porque dizia que ela só gostava de coisas de crianças quando as crianças já eram homens-feitos.

O senhor desenhista de cinema pra crianças descobriu que meu neto Aparicio não conseguiu ir assistir o filme e enviou pra gente aparelhos dos Estados Unidos pra assistir, mas os aparelhos gastavam mais energia do que o cabo que a gente tem podia sustentar, descendo a ravina com dificuldade passa a eletricidade num cabo que, como uma besta, carrega pacotes pesados e cai pra trás na ravina de tão pesados que são os pacotes, com o aparelho a besta foi dobrando as pernas e a gente ficou sem luz por vários dias, porque conectamos um dos dispositivos, o menor dos dois era onde o filme era enfiado, porque o mesmo cabo não aguentava nem as chuvas, como uma besta velha que não pode suportar uma pequena doença, era frágil o cabo, a coisa mais frágil na casa era o cabo de eletricidade, então meu neto Aparicio não conseguiu assistir o filme que o senhor desenhista de filmes pra crianças fez depois da velada comigo. Depois de ver o filme pra crianças com Aniceta eu enviei uma mensagem pro desenhista de filmes pra crianças com umas palavras, ele me enviou uma carta e dinheiro, mas isso não era o que eu estava querendo, eu queria dizer pra ele que eu tinha visto o filme.

Uma escritora também veio e depois me mandou seu livro em inglês num envelope amarelo com suas letras bonitas e roxas, quando ela veio me disse que escrevia em roxo, ela acredita muito nas horas que a gente nasce, nas estrelas que viram o nascimento, dizia que as estrelas que viram nosso alívio iluminam nosso futuro, e eu não soube dizer pra ela nada disso, mas ela acreditava muito nas horas e nas estrelas e a cor roxa era sua cor, porque dizia que era a cor das estrelas que viram seu nascimento, ela dizia que o roxo era a cor do seu nascimento e assim como ela escrevia também se vestia de vermelho porque dizia que estava protegida pelo vermelho, e o roxo com que escrevia era como suas palavras nasciam das cores do seu nascimento, e eu olho seu livro e digo que é muito bonito por todas as cores que tem na capa, tem suas cores, tem vermelho e roxo na capa, e eu sei que o livro é lindo, imagino que meus antepassados também gostariam de olhar pra ele mesmo que nem eles nem eu saibamos ler, também não aprendemos espanhol nem inglês, pois vamos aprender outras línguas pra quê?, aqui ninguém quer aprender a língua do governo nem quer se vestir com as roupas da cidade, e assim como a gente não se mete com suas línguas ou suas roupas, a gente gosta que eles respeitem as nossas, porque também, como os parentes, nossas roupas e nossas línguas são nossos antepassados. O livro da escritora é lindo, se você olhar pra ele, o envelope é bonito porque ela fez uns desenhos de cogumelo roxo e por isso que eu guardei o envelope também dentro do livro. Ela percebeu os cogumelos conectados entre eles, e eu gostei disso, porque eu também vejo eles dessa maneira, é por isso que eu posso matrimoniar eles quando encontro os cogumelos no monte, foi isso que ela desenhou com roxo naquele envelope amarelo. Depois ela me mandou o livro em espanhol, mas esse eu também não consegui ler, e meus filhos não leem, mesmo que falem um pouco. Do livro em espanhol, eu olho pra ele, eu olho pra capa, e lhe digo que ele é feio. Desse jeito é que as pessoas são nas famílias, das oito crianças que uma moça tem apenas uma colhe a beleza dos avós e bisavós, assim como o rico mostra seus ouros, aquele que colhe a beleza dos parentes exibe suas aparências, então existe também aquele que colhe o feio, não tem graças pra serem olhadas, esse é o filho que colhe o pior das aparências de todos os parentes que nasceram antes, feio assim era o livro que a escritora mandou pra mim em espanhol, e uma lindeza aquele que ela me mandou na sua língua.

Minha irmã Francisca tostava chiles na chapa, a gente tinha feijão, *atole*, abóboras e *tamales*, Paloma estava comendo com Guadalupe aqui em casa, viu o livro, eu falei pra ela como era feio e ela me disse Feliciana olha o ajuntamento de palavras, meu amor, espero que a casa deles não seja essa confusão como seus livros, porque as coisas iam estar saindo pelas janelas, esses livros servem pra pôr embaixo das panelas na mesa pra madeira não queimar. Pra Paloma dava no mesmo se um livro era bonito ou feio, ela só se importava com homens bonitos, mas se fosse uma questão de tomar partido, ela estava sempre comigo fosse o que fosse, ela tinha isso, Paloma era leal. Ninguém era tão leal quanto ela, isso é o que eu lhe digo. Eu não disse isso pra escritora, o trabalho dela é o que os livros carregam dentro, assim como o feijão com sal faz o taco, e a escritora é uma pessoa bonita e ela tem os ares da criação, e um dia ela me trouxe o filho pra eu conhecer ele uma vez que eles estavam passeando aqui por perto numa praia, ela veio com o filho e o marido, ela me disse quero te apresentar meu filho, e eu dei pra eles café com açúcar e fumei um cigarro com o marido dela aqui na minha casa, e dei pra eles algumas misturas de ervas, eles me pediram pra eu fazer um Vinho pra eles e me agradeceram muito porque o menino tinha ficado doente do estômago por causa de um peixe estragado que comeu na praia, e então ela me disse que seu livro tinha levado ela pra viajar por países estrangeiros e que isso tinha sido por causa da viagem que ela fez aqui na minha cabana, das criações que saíram da velada. Ela é uma mulher bonita, eu vi isso no seu interior e dá pra ver nos ares dela.

Minha irmã Francisca guarda os artigos ali num caixote, os

jornais, os livros que mandam pra nós em outras línguas, os trabalhos de universidade, eu olho pra eles, mexo neles, viro as folhas, acho que eles são todos de boas cores, eu aprecio o cheiro dos livros mais que o das revistas, que cheiram a comércio, eu fumo meu cigarro e me reconheço nas fotos em preto e branco que me fez o fotógrafo gringo, um homem que passou um tempo comigo me perguntando como eu tinha crescido, me perguntava do meu pai Felisberto nas fotografias que eu saio fumando em preto e branco, embora a fumaça do meu cigarro saia como um ponto branco nessas fotografias em preto e branco, parece o açúcar quando ele cai na terra mais que o fogo do meu cigarro que eu fumo e gosto, mas dizem que as estrelas também são amassadas com fogo e de longe na noite a gente vê como se fosse açúcar jogado na terra na noite estrelada, e eu olho pra mim mesma nessas fotografias do fotógrafo gringo em que eu saio com a ponta do cigarro branco, em várias saio fumando porque eu digo pros fotógrafos que eles me retratam melhor assim que nas minhas veladas, eu digo pra eles A Linguagem não pode ser fotografada, por que eles querem tirar fotos de mim eu não sei, ia ser melhor que eles tirassem fotos da Linguagem, é disso que as veladas são feitas, mas tire uma foto minha fumando cigarro que isso sim dá pra gravar, como se gravam em fotografias as estrelas brancas lá longe como se fossem açúcar jogado na terra.

Tadeo o Caolho quis se aproveitar das pessoas quando ficou sabendo que o banqueiro gringo veio com sua esposa, eu não sei como Tadeo o Caolho ficava sabendo das coisas que traziam, da gente que vinha, os músicos e os artistas ainda não tinham vindo, nem todas as pessoas que vieram depois que o banqueiro gringo veio com sua esposa, a médica sabida, foram eles que me trouxeram todas as pessoas que vieram depois que os senhores ingleses fizeram o filme, e quando o banqueiro e sua esposa vieram pra me ver, Tadeo o Caolho logo escutou o barulho das moedas, ele ficou sabendo do dinheiro que os srs. Tarsone tinham, e rápido foi encontrar com eles pra eles irem lá no seu barraco pra ele ler o futuro nos grãos de milho que ele jogava e as cartas do baralho que usava pra dizer que via o futuro com seu olho oco.

O banqueiro gringo e sua esposa viram aquele filme em Nova York, é de onde eles são, e se interessaram por mim, pelo meu caminho com curas com A Linguagem, as ervas e os cogumelos. Ele já estava interessado nos cogumelos porque sua esposa era uma médica sabida de crianças, muito conhecida nos Estados Unidos, trabalhava com medicina alternativa pra crianças e tinha estudos com vários cogumelos, mas não conhecia os cogumelos do México e foi por isso que quando seus dois filhos cresceram e foram pra faculdade os srs. Tarsone começaram a procurar os cogumelos em todo o mundo, davam dinheiro pras curas alternativas aos remédios de laboratório e assim passaram a viajar ao redor do mundo procurando cogumelos e plantas. Trabalharam com os cogumelos da penicilina, com cogumelos curativos porque os cogumelos em todos os lugares têm suas propriedades dependendo de onde são, mas quando os senhores ingleses que vieram me fazer um filme mostraram esse filme pro banqueiro e sua esposa, e eles viram na tela grande que eu usava os cogumelos dos montes, assim, grandotes cheios de terra que eu enfiava nos sacos de pano de algodão, embora esses cogumelos eu não tenha conseguido mais usar pras veladas, porque as pessoas que gravaram olharam pra eles, mas eu consegui explicar como usava eles enquanto tirava suas terras e guardava, e eu também levei eles pro monte entre San Juan de los Lagos e San Felipe onde eu fui andar com meu pai Felisberto antes dele morrer, onde brotam os cogumelos crianças e em tempos de chuva a gente não dá conta de tanto que crescem por todos os lados, e o banqueiro e sua esposa viram como eles eram grandes no cinema, ficaram muito espantados e procuraram os homens ingleses, e o senhor inglês que fez o filme contou pra eles, que vieram todos os dias durante um tempo aqui em casa em éguas e burros, que pagaram pras pessoas do vilarejo pra vir até a ravina com suas máquinas e suas coisas pra pôr tudo no filme, porque eles queriam pôr toda a minha vida no filme deles, eu ria quando me diziam isso com o menino intérprete, e naquela mesma noite nas celebrações depois do filme o senhor inglês contou pra eles mais coisas sobre mim e disse como chegar aonde vivemos aqui em San Felipe.

Foi assim que conheci o sr. Tarsone, assim que ele pisou em San Felipe o povo começou a chamar ele de sr. Tarzan. E eu lhe digo que Tadeo o Caolho logo ficou sabendo do tilintar das moedas que eles traziam e ficava sr. Tarzan pra cá, sr. Tarzan pra lá, conheceu os senhores antes de mim, contou mentiras pra eles, mas alguém no vilarejo avisou que Tadeo o Caolho era um mentiroso, que eles não dessem moedas pra ele e trouxessem os senhores aqui comigo, pois eles tinham vindo até aqui porque queriam me conhecer. O sr. Tarsone me tratou com respeito e gratidão desde a primeira vez que me disse seu nome. Eu fiz uma velada pros dois, pra ele e pra sua esposa médica sabida que pesquisava curas alternativas pra crianças, eu na mesma hora vi que eles precisavam encontrar uma coisa. Nessa velada apareceram seus dois filhos e ela viu tudo que havia dela nos filhos, tão cristalino como se separa o óleo da água ela viu tudo o que gostava e tudo o que não gostava que havia dela nos filhos, e ele viu a mãe dele. Os dois vieram muitas vezes, tomavam notas, tiravam fotos, pediram pra gravar meus cantos com A Linguagem numa velada e eu disse que sim. O sr. Tarsone trouxe um aparelho e trouxe um povo pra mexer com ele. Vieram muitas vezes aqui em casa, vinham de onde eles ficavam aqui em San Felipe, e numa dessas vindas a sra. Tarsone me disse Feliciana nós vamos te dar uma casa, e então eles mandaram fazer esta casa, quando ela me disse isso eu disse que não, que a gente já tinha uma casa, eu não queria aceitar esta, com humildade eu tinha aceitado tudo o que tinham me dado, eles e os outros. Os centavos, as moedas estrangeiras, a aguardente, o tabaco, as refeições que traziam pra gente e as coisas que traziam pros meus três filhos todas as pessoas que vinham, as coisas que traziam pra minha irmã Francisca, pra Paloma, pro Guadalupe, pra minha mãe, que descanse em paz, também ela ganhou coisas quando eu estava começando porque trouxe bondade pra todos nós. Assim é que me pagavam minhas veladas, quem vinha me pagava assim, com sua bondade, mas eu não ponho preço no que faço, não posso pôr um preço porque o que eu faço não tem preço, é como se eu dissesse ponha preço na sua caminhada, isso não se pode fazer, mas também tenho família e dou abrigo pra todos, então agradeci porque queriam fazer uma casa pra nós. Quando os srs. Tarsone mandaram os materiais e os meninos pra levantar a casa, eu sabia que era um presente deles e um presente de Deus, e eu agradeci a eles e a Deus porque os presentes são bênçãos. O sr. Tarsone estava grato a mim e dizia que aquilo não era nada, as cerimônias tinham dado mais pra eles, o sr. Tarsone me dizia Feliciana tua família e tu deram muito mais pra minha esposa e pra mim, me dizia o sr. Tarsone, e me mandaram um intérprete de barba e bigode pra me perguntar onde eu queria as coisas na construção, e cada vez que o intérprete de barba e bigode vinha eu oferecia cigarro e café com açúcar, assim como meu pai Felisberto gostava de tomar. Guadalupe veio com uma garrafa de aguardente, pra estourar ela na parede pras celebrações, Paloma trouxe suas amigas que se juntavam nas festas, Aniceta trouxe a senhora dona da loja com seus parentes, veio um monte de gente comer os *tamales* que minha irmã Francisca fez. Fiquei muito contente quando mudamos pra cá. Minha filha Apolonia então casou com um menino, eles moraram aqui, também com as duas filhas, todos conseguimos viver na casa que eu fiz como eu queria com a ajuda do intérprete de barba e bigode, uma vez eu curei ele de um mal das costas com uma oração e botando minha mão nas suas costas eu curei ele, por isso ele gostava de mim e me respeitava porque me dizia que os médicos sabidos não tinham conseguido tirar a doença das costas dele e estava muito agradecido, vinha com uns senhores de capacete que fizeram todos os cantos onde eles tinham que ser feitos, as janelas onde eu queria que ficassem, os srs. Tarsone mandaram uns colchões que a gente não tinha antes, eles mandaram muitas coisas pra gente, tantas coisas mandaram que a gente não sabia como usar, e também coisas que a gente não queria usar, e tudo isso os srs. Tarsone nos mandaram em agradecimento, e meu filho Aparicio logo tomou um gosto pelas coisas que eles mandaram, coisas que nem ele nem sua menina também não sabiam usar, mas eles tomaram gosto e enfiavam tudo na casa deles, Paloma até vendeu algumas dessas coisas na vila e com isso iam pro mercado Guadalupe e ela, compravam roupas pras noitadas e roupas pros dias e álcool pro frio.

Não, eu disse pra eles que não, da cabana que eu usava pras cerimônias não podiam tirar o chão de terra e o telhado de tábuas, o intérprete de barba e bigode e capacete queria isso, mas a cabana é igual a quando eu comecei minhas veladas, foi assim que eu curei as primeiras pessoas que me trouxeram, lá eu curei minha irmã Francisca pra morte não botar um ovo nela e lá aconteceu a velada que eu fiz pro Guadalupe quando eu vi que ele tinha seu pai enterrado dentro dele porque o pai humilhava Guadalupe na sua túnica laranja ardente como incêndio na noite; minha cabana tem todas as curas, tem todas as palavras que A Linguagem curou, e nisso a cabana se parece com O Livro, ali estão todas as vezes que eu usei A Linguagem pra curar e essa cabana é sua morada.

Os srs. Tarsone mandaram pra gente roupas dos Estados Unidos. Eu dizia pra eles que eu gosto de fumar, eu tomo café com açúcar como meu pai Felisberto tomava porque eu falo com ele todos os dias e agradeço, eu tomo aguardente com Paloma e depois tenho que me limpar, e sou assim desde sempre, não vou mudar minhas roupas ou meus *huaraches*, porque em mim não vão vestir as roupas dos Estados Unidos, não fico surpresa com as coisas, não me surpreende o poder das moedas como eu vejo que muitas pessoas se surpreendem com o poder das moedas, eu gosto disso que faço, eu uso o que preciso, tudo o que Deus empresta pra gente nesta vida, e não tem nada mais que eu precise. Tem gente que se surpreende com as coisas, tem gente que se surpreende com as coisas quando elas se acumulam, pessoas que acreditam que elas lhes dão poder quanto mais se empanturram delas. Minhas filhas e meus netos agora repartem as coisas que enviam de fora pra gente, eu não preciso de nada mais que minhas roupas, meus *huaraches*, meus cigarros, meu café com açúcar, a comida que minha irmã Francisca faz, eu não preciso de mais nada, eu não preciso de mais nada além da vida que Deus me empresta. Aqui eu vejo muito isso, as pessoas que me dão coisas e se vão contentes, vão pensando que trocaram sua experiência pelas coisas que me dão, daqui as pessoas saem felizes porque me deram moedas, como os homens das universidades estudiosos da Linguagem vieram e foram embora contentes pensando que eles já sabiam tudo sobre A Linguagem, mas eu lhe digo A Linguagem é nova todos os dias, A Linguagem não pode ficar parada porque é como a nuvem que vai mudando com os ventos leves, e o vento multiplica, eu dizia pra eles eu trabalho com A Linguagem, nunca sei o que vai acontecer, porque A Linguagem é presente e grande como a noite, grande como o presente, por isso A Linguagem que o vento multiplica é poderosa, porque não pode ficar parada, assim como as nuvens não ficam paradas no céu, as palavras mudam de forma, e eles me gravavam, anotavam, me diziam coisas através dos seus intérpretes que eles mesmos não se encontravam no que os estudiosos diziam, e de tantas coisas e moedas que vinham, Tadeo o Caolho veio e me meteu uma bala no dia que soube que os srs. Tarsone iam fazer uma casa pra mim, essa foi a primeira vez que não tive linguagem, ela me fugiu duas vezes, a primeira foi essa, quando Paloma me disse que Tadeo o Caolho tinha me metido um balaço e eu acordei num quarto branco cheio de luz branca e esvaziado de linguagem.

16.

Leandra foi dormir na casa de Anna na noite em que ela teve o ataque de ciúmes. O Senhor lhe enviou uma mensagem de manhã, Anna leu enquanto Leandra estava tomando banho. Fez um drama. O Senhor se chamava José, mas minha irmã e Anna o chamavam O Senhor. Minha irmã não lhe respondera, o que parecia atraí-lo mais. Enviava-lhe mensagens sob qualquer pretexto, e depois de várias tentativas Leandra lhe respondeu numa sexta-feira à noite, quando estava em sua câmara escura revelando fotos. José e minha irmã foram tomar umas cervejas naquela noite. Ela me pediu que, se Anna ligasse procurando por ela, eu dissesse que tinha ido dormir.

Naqueles dias, Anna levou Leandra para conhecer sua mãe, e na outra vez que elas foram, convidaram a mim e Julián para almoçar. A mãe de Anna morava sozinha numa pequena casa de tijolos vermelhos com molduras de madeira nas janelas e uma escada flutuante, uma casinha idêntica a outras num condomínio de talvez vinte, ao lado de um cemitério e perto de uma ravina. Ficava longe do centro da cidade: de nossa casa, sem trânsito a distância era de cerca de uma hora e meia. Ao fundo da ravina passava um rio que tinha cheiro de água parada, a casa cheirava a mofo e aos eucaliptos que podiam ser vistos de uma pequena janela redonda no banheiro. A mãe de Anna me pareceu uma mulher amorosa, mas naquela ocasião ela fez um comentário depreciativo e desnecessário contra o pai de Anna que eu não entendi de onde veio. Depois de uma longa conversa durante a sobremesa, subimos com Anna para assistir a um filme, e vi algumas fotografias em molduras de madeira bruta que mostravam apenas Anna e sua mãe em diferentes momentos. No caminho de volta para casa, minha irmã contou que a mãe de Anna havia brigado com todos os membros da família, mais ou menos como nosso pai se distanciou de meu tio, só que a mãe de Anna nunca mais tinha retomado a comunicação com sua família, além de ter um relacionamento conturbado com seu ex-marido. Nessa noite, enquanto nos trocávamos para dormir, ela me contou detalhes que havia notado na relação entre Anna e sua mãe, que era especialmente possessiva com a filha única; Leandra me contou algumas histórias sobre isso, mas não me disse que naquele mesmo dia, pela manhã, tinha visto José de novo.

Eu me dei conta de que eles ainda estavam em contato um dia em que a ouvi falando no banheiro com a porta trancada, coisa que Leandra não costumava fazer. Minha teoria era que minha irmã saía com José em parte porque Anna havia sugerido explicitamente isso em suas discussões, então os ataques de Anna projetaram suas fantasias de ciúmes na realidade, e em parte acho que minha irmã se sentia atraída por José um pouco mais do que queria aceitar.

Minha mãe se encontrava bastante com minha tia depois do trabalho, ia muitas vezes à casa dela. Passeava com Rumba quando voltava do serviço, se nenhuma das filhas estivesse em casa. Ela nos dava liberdade desde que a mantivéssemos a par de onde estávamos. Acho que meu pai teria nos dado uma liberdade muito parecida com a que minha mãe nos dava naquela idade, embora ele fosse mais rigoroso, e teria nos pedido que passássemos mais tempo com ele. Meu pai era mais carente, tinha um jeito de pedir as coisas que nos levava, tanto Leandra quanto eu, a mudar de planos na sexta-feira para acompanhá-lo à Home Depot. Talvez pelo contexto opressivo em que minha mãe cresceu, na adolescência ela nos deixava livres, preferia convidar minha tia a nos pedir que a acompanhássemos a algum compromisso de seu trabalho. Leandra passava bastante tempo na casa de Anna, e Julián e eu ficávamos mais em casa.

Anna morava num apartamento com duas amigas da faculdade que conhecera depois de pregar algumas fotocópias com abas destacáveis com seu número de telefone em alguns postes perto da principal biblioteca da universidade. Uma delas era mais velha, tinha vinte e nove anos e estava fazendo pós-doutorado em estética. Ela ocupava o quarto maior, com varanda e vista para uma seringueira, e pagava mais que suas companheiras. A outra colega de apartamento de Anna, Simona, tinha vinte e cinco anos e os cabelos pintados de laranja, um piercing no lábio inferior, uma argola no nariz, tinha tatuagens e era tatuadora, ela que havia descolorido e pintado o topete azul de Anna, e ganhava mais tatuando em suas horas livres do que em seu trabalho na secretaria da faculdade de arquitetura. Leandra, Julián e eu éramos alguns anos mais novos do que elas e invejávamos que tivessem um apartamento como aquele. Uma tarde, Simona ligou para Julián perguntando se depois do trabalho não queríamos ir até a casa delas para tomar umas cervejas. Simona tinha acabado de enrolar um baseado quando Anna chegou alterada, chorando, contou a Simona que havia terminado com minha irmã, sem perceber que Julián e eu estávamos na sala.

Assim que pôde, Leandra fez o exame de admissão na escola de artes que Julián frequentava, candidatou-se a uma bolsa de estudos para jovens criadores, e quando cumpriu o acordo que mantivera com meu pai, fez uma tatuagem. Minha irmã tinha terminado com Anna porque não aguentou seus ciúmes, mas não foi por causa de José. Eles se viam, saíam, trocavam mensagens, mas não tinha acontecido nada. Não que a moralidade tivesse paralisado minha irmã, só aconteceu assim. A bolsa que lhe deram antes de entrar na universidade consistia, além de uma soma de dinheiro, em reunir jovens durante três fins de semana ao longo de um ano para que, divididos em pequenos grupos de acordo com sua disciplina, discutissem os avanços de seus projetos de trabalho. No primeiro fim de semana em que Leandra foi a esse encontro de jovens criadores, na primeira noite me mandou mensagens de texto do quarto de hotel.

— alguém disse à minha colega de quarto que eu incendiei uma escola e ela está com medo de mim

— Diga que é mentira, que você incendiou um hotel de jovens criadores.

— isso é ótimo, maninha; quando viemos, de manhã, sentaram a gente na van de acordo com os sobrenomes. eu caí com uma poeta que achei incrível, ficamos falando o tempo todo sobre nossos projetos. daqui a pouco vai ter uma festa no quarto de alguém da turma de pintura tenho que tomar banho e vou sair com minha amiga poeta pra comprar umas cervejas pra levar na festa

— Não te contei, a Anna procurou o Julián hoje à tarde, quer tomar um café com ele.

— tssss eu não te contei ela foi atrás da mamãe na universidade

Durante essa bolsa, Leandra fez uma série de fotografias de ofícios em vias de extinção. Na faculdade, aprofundou-se no tema. Esse foi o trabalho com que se formou depois. Nesse primeiro encontro com outros artistas em formação, ela levou alguns retratos dos profissionais como referência, mas o trabalho de Leandra se concentrava nos espaços de trabalho, utensílios, ferramentas, suas mesas e o resultado de seus respectivos ofícios. Porém, no encontro ela levou fotos de uma mulher que fazia flores de tecido, de um homem que tinha uma prensa de tipos móveis que fazia cartões de visita e de uma idosa que tinha uma agência de viagens desde os anos 1950. Eu fiquei até tarde lendo, naquela madrugada Leandra me mandou mensagens.

— MANA VOCÊ TÁ AÍ
— Que é?
— você gosta do José???
— O Senhor?
— sim
— Não conheço ele, só vi uma vez.
— vou te apresentar eleeeeeee

Leandra me mandou fotos de um quarto com muita gente, alguns dançando, vários fumando e uma foto de uma touca de banho no detector de fumaça para que o alarme de incêndio não disparasse. Que Leandra não o chamasse de Senhor naquela baderna, e que o mencionasse no meio da festa que estavam fazendo num quarto de hotel, me fez suspeitar do que vinha a seguir. José tinha trinta e um anos, havia se divorciado recentemente de um casamento que durara dois anos e um namoro longo. Nessa época minha irmã não trabalhava mais no consultório da dentista; continuava indo à oficina de fotografia, mas logo deixaria de frequentá-la, ao entrar na universidade. José a procurava. Eles conversavam por telefone, trocavam mensagens, e várias vezes acontecia que, ao apagar as luzes do quarto, enquanto eu ficava lendo alguma coisa, a tela do telefone de Leandra iluminava seu rosto.

— Você tá caidinha, mana.
— nah, ele é engraçado, é meu amigo

— Que tanto vocês falam?

— ele está me contando que teve uma reuniãozinha no escritório dele, alguns clientes levaram uns aperitivos deliciosos, presuntos ibéricos e queijos franceses, seu cachorro se levantou e sem mastigar engoliu o prato inteiro de presuntos

— E que mais?

— quinze minutos depois ele vomitou os presuntos intactos com um cheiro de bolota de muco num sofá, e ele é bonito, que mais posso te dizer, maninha

Poucos dias antes de Leandra ir para o encontro de jovens criadores, Anna me enviara um e-mail pedindo para me ver. Aceitei sem falar à minha irmã, escutei-a, mas não lhe disse nada nem contei uma palavra sobre José quando ela me perguntou. Enquanto isso, as coisas entre José e Leandra estavam esquentando. Anna apareceu em casa num domingo em que Leandra não estava e não atendia o celular. Anna era insistente, queria falar com ela. Minha mãe lhe ofereceu uma sopa de macarrão com salsicha que estava na geladeira e a fez se sentir em casa. Anna estava triste e nós não parecíamos ser um consolo; pelo contrário, parecíamos enfatizar que elas não estavam juntas. Minha mãe e eu concordamos em não contar a Leandra que Anna tinha ido em casa, mas minha mãe, como esperado, deixou escapar.

Pouco depois daquele encontro de jovens criadores, José e Leandra começaram a sair. Um dia, ela me pediu para pegá-la quando eu estava indo para casa, sem que eu soubesse onde ia buscá-la. José me respondeu pelo interfone, me convidou para entrar e tomamos umas cervejas. Alugava um pequeno apartamento, em que se viam algumas estantes e pequenas pilhas de livros no chão. Havia apenas luz indireta, exceto por uma única lâmpada na cozinha pendurada por alguns fios coloridos colados com fita isolante que me fez lembrar de Julián e sua teoria das lâmpadas.

Passei algumas vezes para buscar minha irmã naquele apartamento. Não havia muitos móveis, e sim grandes plantas, selvagens, uma luz tênue difusa e um grande cachorro cor de mel que parecia inofensivo comparado a Rumba, que minha mãe tinha apelidado de Grampeadora por causa das marcas de presas que ela deixara em alguns móveis da casa. José trabalhava numa produtora de filmes e queria ser artista. Desde a primeira vez que passei para pegar Leandra, percebi que ela estava mais a fim dele do que poderia aceitar, sexualmente se sentia muito atraída, percebi naquele dia pela forma como interagiam, mas assim que entramos no carro não ficou claro para mim o que ela pensava de tudo aquilo.

— acredita que, em todos os anos que eles estiveram juntos, só treparam em duas posições?

— Ele te disse isso?

— não, óbvio que não, mas essas coisas você sabe sem que te digam

— Bem, há quem goste de ver rúgbi na televisão.

— mas tem algo que me incomoda quando estou com ele, sabe? com a Anna eu não me sentia assim

— Você sente falta da Anna?

— nah, o que você acha, mana, o José é incrível

Depois de pouco tempo, Leandra voltou com Anna. Minha irmã mandou uma mensagem para ela, bêbada, certa noite em que foi a uma festa com José. Anna respondeu pela manhã, as duas se trancaram em seu quarto no apartamento, conversaram muito durante todo o fim de semana, e Anna perdoou minha irmã e deixou José como uma roupa pendurada num cabide.

Leandra e Anna ficaram juntas por cinco anos depois dessa separação. Anna abriu uma clínica veterinária num espaço bem localizado junto com alguns colegas da faculdade, começou a ir em casa mais do que antes, minha irmã foi aparecendo com novas tatuagens, uma delas feita por Simona antes de sair do apartamento que dividiam com a pós-doutoranda. Anna apareceu com novas cicatrizes feitas por animais que a machucavam no trabalho. Rumba começou a passar mais tempo no veterinário. Em frente à entrada do consultório havia uma cama acolchoada forrada em tecido de padrão escocês, Anna resgatara um vira-lata numa avenida, tinha escapado de vários carros, havia sido atropelado e o grande ferimento que resultou disso teve de ser suturado; Leandra o chamou nesse mesmo dia de El Chapo. Rumba e El Chapo se davam bem, passavam um tempo juntos no veterinário. Minha mãe gostava tanto de Anna como de Julián, considerava-os parte da família, e embora tivesse suas reuniões e os programas com minha tia, ela gostava quando jantávamos em casa ou a convidávamos para fazer algo. Fui para Chihuahua passar um Natal com ele e ele passou dois Natais conosco, um na casa de minha tia, outro na casa de meu tio, irmão de meu pai, ocasião em que conhecemos os cônjuges de minhas primas, uma delas ficara noiva de um tabelião recentemente, e minha tia várias vezes enfatizou que seus pais, cada um por si, tinha um cartório bem-sucedido, e esse foi o Natal em que Leandra convidou Anna e sua mãe pela primeira vez para uma reunião de família conosco. Minha mãe e a dela se deram bem, embora no início meus tios tenham ficado distantes; minha prima deu explicações como justificando ao seu noivo a relação que tínhamos com Anna e sua mãe, Leandra fez alguns comentários engraçados e ganhou sua simpatia.

Rompi com Julián quando ele foi morar em Chihuahua, pouco antes de terminar a faculdade e um tempo depois de ter ido morar sozinha. Três ou quatro meses mais tarde, me embebedei numa festa, fiquei com um cara que conheci naquela noite, não me lembrava de ter lhe passado meu telefone, nem mesmo de ter querido passar, mas ele me mandou uma mensagem no dia seguinte e naquela semana Rogelio e eu começamos a sair. Desde o início ficou claro que ele era problemático, obscuro. Mentia para mim e saía com seus amigos, de repente me fazia acreditar que eu inventava coisas que ele havia me insinuado, mas mesmo com esse seu comportamento problemático, somado ao buraco em que eu estava na época, conseguimos passar alguns bons fins de semana vendo filmes, conversando até tarde, saindo à noite, nos divertindo bastante, mas agora à distância vejo aquele breve relacionamento e aquele tempo como um hiato necessário, que não tinha nada a ver com Rogelio, e sim com meu luto que me atingiu com atraso, inclusive só recentemente, com Feliciana, é que vi a peça que faltava no quebra-cabeça. Quando criança, Leandra tinha esse papel na família, meu pai sofria cada vez que a expulsavam de uma escola, minha mãe sofria com a grosseria de Leandra ou cada vez que ela se metia em apuros com alguma autoridade, embora eu sinta que no fundo minha mãe estava certa de saber quem era minha irmã, e meu pai, ao contrário, se preocupava que ela acabasse ficando de pé na dança das cadeiras, mais por seu comportamento do que por suas capacidades, que eram inegáveis. Minha irmã era uma bomba, e basta uma bomba para explodir uma casa. Talvez seja por isso que minha explosão tenha sido interna e tardia.

Antes de Leandra ser expulsa da última escola, parece que havia uma margem de redenção para ela. A diretora falou com meus pais, disse-lhes que apesar do precedente do incêndio uma professora havia dito que Leandra poderia continuar no estabelecimento se lhe aplicassem alguns testes psicológicos comportamentais. Fizeram alguns exames e a encaminharam para terapia. Resultou que Leandra tinha uma inteligência bem acima da média, coisa que já sabíamos, mas foi impressionante ver os gráficos e as referências. Tinha a inteligência de alguém dez anos mais velho que ela, mas suas respostas emocionais eram de uma menina. Em concreto, nos testes psicológicos descobriu-se que não havia razão para pensar que Leandra iria queimar ou destruir qualquer coisa de novo, ela não tinha motivo para pôr em perigo algo ou alguém, coisa que também sabíamos, e esse foi seu passe para voltar à escola, embora ainda assim ela tenha sido expulsa por mau comportamento. Meu pai implorou a Leandra, piscando rapidamente — era sua maneira de reprimir um pranto desesperado —, que ela terminasse seus estudos num supletivo de uma vez por todas. E foi isso que ela fez.

Quando vejo o trabalho de Leandra circulando, sinto falta de meu pai. Eu sei que ninguém ficaria mais feliz do que ele ao ver como, aos trinta e dois anos, ela conseguiu obter tanto reconhecimento por algo que ele teria gostado de fazer, e ficaria muito satisfeito em ver isso acontecer com sua filha Lea, talvez até mais do que se acontecesse com ele. Imagino que o relacionamento com Anna teria sido difícil para ele no começo, mas também sinto que a teria apoiado. Acho que Tania, a atual parceira de Leandra, se daria muito bem com meu pai. Mas não sei até que ponto ele concordaria que Leandra ainda fale daquele incêndio como se fosse uma medalha, uma das poucas medalhas que ela usa com orgulho, aquele incêndio que teve início com um Zippo furta-cor que lhe deram de presente para acender sua vela de primeira comunhão.

17.

Acordei no quarto branco do hospital, essa foi a única vez que um médico sabido me curou, tirou o balaço que Tadeo o Caolho acertou no meu ombro. Minha filha Apolonia já tinha ido reclamar pro Tadeo o Caolho que aquele menino em quem ela estava interessada apareceu na loja com a mulher grávida e o desgraçado quis se engraçar bêbado com ela e minha filha Apolonia lhe deu um chute e jogou ele no chão. Isso foi um problema, porque meu filho Aparicio é rancoroso, seu rancor cresce bem rápido, e ele saiu disparado pra bater no Tadeo, não como minha filha chutou, ele foi bater na cara dele por causa do balaço que me meteu no ombro e também foi bater nele pelas mentiras que ele disse pra Apolonia, mesmo que já tivesse passado tempo desde aquilo o Aparicio não esquece dessas coisas, o rancor cresce dentro dele como cresce o mato nas chuvas e da mesma coragem que trazia do balaço que Tadeo o Caolho me acertou quando ficou sabendo que estavam construindo uma casa pra nós o Aparicio bateu duro nele, não acabou com ele ali no chão porque, de tão bêbado que ele estava, o Aparicio não quis acabar com Tadeo o Caolho que não podia se defender da aguardente que deixava ele todo inchado, eu disse pro meu filho a morte de alguém não está nas tuas mãos, está nas mãos de Deus, que isso, como o rancor, tu nunca esqueças, Aparicio.

Me levaram pro hospital do vilarejo com um médico sabido, foi ali que eu acordei, vi Paloma, o médico sabido me disse Feliciana eu me chamo Salvador, conversamos com ajuda de um intérprete. Fiquei espantada com seu proceder, me espantou tudo que eu vi no seu nome quando ele me disse, eu vi que era um homem que tinha salvado muita gente, vi que pouco tempo atrás tinha salvado um menino que nasceu dum corte no ventre, ele trouxe ao mundo esse menino que nasceu sem respirar, vi o choro preso e a pele cinzenta do menino que nasceu recém-saído do corte do ventre e que se desvanecia sem respirar com a boca aberta, queria respirar mas não podia, tinha a boca aberta e não tragava suspiro, vi que tinha salvado esse menino com sua ação e não consegui dizer isso pra ele, não queria assustar o médico porque as pessoas se assustam, como aconteceu comigo de menina com Fidencio, que vendia as tábuas de telhado e começou a chorar quando eu toquei o braço dele e disse pra ele que tinha visto um cachorro branco indo até um monte, ele se enfureceu comigo, é por isso que eu não digo mais quando vejo coisas, então eu disse, tu és um grande médico, Salvador, porque A Linguagem assim te fez com teu nome. Salvador tirou a bala do meu ombro e a dor ele me tirou sem moléstias, já não senti moléstias no corpo, no dia seguinte ele me disse Feliciana eu te conheço, teu nome está nos jornais, teu nome é conhecido em todo o mundo, tem alguém que eu quero levar até tua casa quando saíres daqui, e quando estiveres curada tem alguém que eu quero te levar, alguém quer te conhecer.

A comida que me deram durante as três noites e três dias que passei no hospital era ruim, eu dizia pro Salvador esta comida não é de Deus, vocês os médicos sabidos ficam aí com esses jalecos brancos e as pessoas comem essas comidas e isso não é de Deus, e ele me dava suas risadas. Eu sentia falta do meu café com açúcar, do meu fumo, das minhas abóboras plantadas na minha casa, dos meus chuchus, meus feijões e das tortilhas feitas pela minha irmã Francisca, o *atole* que ela faz, esse sim é saboroso, e isso é o que eu sempre comi. Eu dizia Salvador essa comida já me queimou a chapa. Lá eu percebi que a comida que a gente tem em casa é a casa em si, eu não comi as comidas do hospital onde trabalhava o médico sabido Salvador, preferia não comer aquilo e sair de lá com o couro grudado no osso e quando me deu fome, no terceiro sol, com dificuldade mas sem desconforto, eu me levantei da cama branca antes que Paloma chegasse pra me trazer *tamales* do mercado, que ela tinha me prometido, eu tirei o pano azul que me vestiram, peguei minhas roupas e fui pra casa.

Uma tarde na minha casa um homem veio me dizer que o médico do hospital que tirou o balaço do meu ombro queria ir me ver com uma amiga, achei estranho porque quem me trouxe essa mensagem era um homem do governo, eu já sabia quem era. Eu entendi o que eles queriam e me preparei pra velada, com a ajuda de Deus fui cortar cogumelos no monte pros dois e pra mim, no fim da tarde o médico chegou com a amiga dele, o homem do governo que me trouxe a mensagem e o menino intérprete que tinha ajudado a gente a se comunicar no hospital, ele me disse que o médico Salvador não ia fazer parte da velada, ele só queria que eu fizesse a cerimônia pra sua amiga. Eu não dei atenção pra ele, disse que a gente ia tomar juntos e ele foi grosseiro e me disse que não queria comer os cogumelos e eu disse tu me curaste, agora eu te ofereço uma cura Salvador. A amiga dele me apoiou, o intérprete me disse ela quer que ele esteja na cerimônia também, mas ele não quer estar na cerimônia.

A amiga encorajou ele até que o intérprete menino me disse que os dois iam participar da cerimônia e eu vi que Salvador fez isso forçado. O homem do governo ficou do lado de fora, na porta, esperando os dois saírem.

    O médico Salvador ficou na velada com a cara cinza e limpou as cinzas que eram as culpas que ele tinha como médico e quando terminou a velada ele tinha perdido as culpas que carregava e naquele dia nós dois ficamos amigos. Eu lhe digo, Zoé, pra você as veladas, se você quiser fazer, vão lavar as culpas que você tem, então olhe que aquilo que você deve a seu pai, isso é o que deve a você também. Com Salvador a amizade criou raízes, ele foi algum tempo depois pro Hospital Geral na cidade, vinha me perguntar sobre as doenças que as máquinas não deixavam ele ver, várias vezes ele veio aqui, ele me trazia estudos, papéis, muito seguido ele vinha me ver na *milpa* quando eu estava lá na colheita e fumando meu cigarro eu ouvia sua voz que me dizia Doutora e eu já sabia quem era e dizia Salvador e então via o rosto do Salvador que me tirou o chumbo da ira porque estavam construindo uma casa pra nós. Salvador me dizia Feliciana a casa está grande, eles estavam fazendo rápido, sempre maior ele via a casa e eu passava mais tempo na cabana onde eu faço as cerimônias com A Linguagem. Eu, depois que Tadeo o Caolho atirou em mim e meu filho Aparicio bateu nele, eu continuei cumprimentando ele como antes, Paloma me dizia Feliciana, minha vida, tu és muito digna, não digas olá pra essa Maraca estúpida. Mas se ele, com sua sombra, queria fazer a escuridão da minha casa, eu tinha que cumprimentar ele enquanto o sol nasce todos os dias mesmo que as guerras ainda sigam na Terra.

    O governador passava as noites com a amiga do Salvador, isso eu soube na sua velada quando entendi o que o homem do governo estava fazendo aqui com o carro e as balas pros disparos, e ela um dia trouxe aqui comigo o governador. Ele me disse Feliciana eu quero que me ajudes com alguns problemas, és uma mulher poderosa e eu preciso que me ajudes com meus assuntos. Ele tinha visto um bruxo em Veracruz que o banhou em sangue quente de vários galos em cerimônias mas não conseguia resolver seus assuntos, alguém queria matar o governador e ele veio aqui pra me dizer Feliciana preciso que me ajudes a ver quem quer meu couro, me ajuda com teus poderes. Eu olhava pra ele, oferecia meu fumo, ele me dizia se eu podia ajudar ele com seus assuntos de governo, se eu fazia pra ele os favores de vidência, pois sabia que eu via tudo, mas eu disse que não, eu só vejo o senhor na minha frente. Ele ficou com raiva de mim e saiu com seu homem e as balas pros disparos.

Então a esposa dele veio e me disse Feliciana eu sonhei que meu marido foi queimado vivo, ajuda ele pelo amor de Deus, a região está quente, vem até minha casa que meu marido quer te fazer uma oferta. Eu disse eu não vou até as casas, as pessoas é que vêm me ver. A esposa me disse Feliciana ele é um homem bom que os animais bravos podem comer enquanto dorme, consulta teus cogumelos e tuas ervas pra saber quem quer matar ele, quem está seguindo ele, se tu fores a bruxa do meu marido ele vai te dar uma coisa grande, me disse ela, vai te dar dinheiro pros teus netos, vem ver ele pra ele te fazer uma oferta, é uma oferta grande pra ti e pros teus parentes, mas eu disse não, não preciso de nada além da pessoa que tu vês à tua frente, esta sou eu, não me faz falta tua oferta. Ela olhou pra mim e foi embora.

Eu vi que ia acontecer alguma coisa, vi que a esposa do governador ia fazer alguma coisa. Não ela, a gente dela ia fazer alguma coisa. Eu já tinha me recuperado do balaço, já conseguia mexer o braço, já estava curada, não tomei os remédios que Salvador me passou, não tomei os remédios que ele me trouxe com sua amiga no dia que vieram pra velada, eu me curei com as ervas que eu benzia antes de arrancar do monte, as ervas falavam comigo de acordo com as doenças, eu sei a língua das ervas, eu me curei assim, e na manhã que levantei boa do balaço vi que os pássaros cinzentos vieram aqui pelear na *milpa*, eles brigavam com as galinhas pelo milho, brigavam feio pelo milho os pássaros cinzentos, suas plumas voavam das bicadas que trocavam pelo milho, eu então soube que estava vindo a ira sobre minha casa, porque o ar, os montes, as nuvens, as flores, as ervas, tudo o que vemos nos traz mensagens, a natureza traz A Linguagem, é preciso só ouvir, e essa era a mensagem dos pássaros cinzentos que vieram pelear aqui na minha *milpa*.

Naquela noite chegou outra maldade da ira. Eu não digo maldades com A Linguagem, as forças são grandes, e as boas e as más são iguais, mas as forças se escolhem, por isso que eu cumprimentava igual Tadeo o Caolho antes e depois do balaço que ele me meteu com a pistola, porque eu não digo maldades nem guardo rancores, eu agradeço a Deus pela vida que Ele me empresta e A Linguagem que Ele me deu pra curar o povo. Não tinham terminado de fazer a casa e quando a gente estava dormindo de madrugada eu senti o desconforto no ombro onde o balaço entrou em mim, o desconforto me acordou, então eu soube que estava sendo perfurada pela ira da esposa do governador, e logo ouvi as línguas de fogo que começavam a queimar. As gentes que a esposa do governador mandou é que puseram fogo no telhado, mas não queimaram a casa, e assim nós apagamos o fogo com a água. O fogo transforma a água em vapor e a água apaga o fogo, o fogo silencia a água e a água silencia o fogo, como as forças boas e más podem silenciar umas às outras, nós apagamos o fogo com nossas águas pra acabar com as maldades da ira.

No vilarejo, disseram pra Paloma que eu estava revelando os segredos da nossa medicina antiga, que os estrangeiros vinham e os cogumelos do monte já falavam a língua do governo e outras línguas estrangeiras por minha culpa. Paloma me disse

Feliciana, meu amor, andam dizendo de tudo por causa do balaço e do fogo que puseram no telhado da tua casa, Tadeo o Caolho não aguenta a casa que estão fazendo pra ti e as gentes que vêm te ver de toda parte, o governador e a esposa dele querem que sejas sua bruxa pra fazer suas porqueiras, temos que parar isso, meu amor.

Paloma mandou uma mensagem aos srs. Tarsone pelo senhor intérprete de barba e bigode de capacete branco, ele queria pôr um ferro no teto queimado e fazer outro e eu disse vamos pôr tábuas de madeira, minha filha Aniceta trouxe o senhor das tábuas que era sobrinho do Fidencio, o senhor que eu fiz chorar de menina porque disse pra ele que vi um cachorro branco indo até o monte, acho que o menino que eu vi era o filho falecido dele. Paloma estava preocupada porque as maldades continuavam, ela teve um sonho vendo que outras maldades se aproximavam, veio me dizer Feliciana sonhei que seis raios caíam nas colheitas. Eu disse Paloma os animais dão peleja onde veem a besta fraca, e eu acho que dão peleja porque miram a debilidade, e as maldades já não vêm mais a esta casa porque estamos fortes, os animais não dão peleja às bestas fortes. Eu com o fogo soube que as maldades eram prova de Deus pra me dar forças, não eram desgraças pra me desbotar como a terra do monte se desbota com as chuvas. Tadeo o Caolho me meteu o balaço, puseram línguas de fogo no meu telhado, eu vi que o fogo quando se prende no monte dá sua claridade à noite, também vi que dura pouco o fogo na queima das semeaduras, e eu disse se eu não tomar as forças de Deus, vão fazer alguma coisa com meus filhos. Por isso me levantei, pela minha irmã Francisca eu me levantei, pela Paloma, o fogo que me feriu me disse Feliciana tu és fogo, o fogo já não te ataca porque tu és fogo, Feliciana. Isso foi o que o fogo me falou naquela noite.

O intérprete de barba e bigode com seu capacete mandou

a mensagem aos srs. Tarsone e eles mandaram uma mensagem pro governador pedindo por mim, e como o tilintar das moedas ilumina o governador, ele veio até minha casa pra dizer que ia investigar quem queria me prejudicar. Eu pensei é tua esposa, és tu quem quer me prejudicar, mas não disse nada pro governador. Eu agradeci aos srs. Tarsone, mas pedi que não procurassem o governador por minha causa, as forças eu já tinha. Alguém disse pra minha filha Aniceta lá na loja as bruxas bem que merecem essas línguas de fogo, mas eu dizia eu não sou bruxa Aniceta, não sou vidente, não sou o futuro, eu sou A Linguagem e as palavras são o presente, a mim foi dado O Livro, eu sou a Mulher Livro, eu sou A Linguagem, filha.

Sim, os srs. Tarsone vieram mais vezes. Mais tarde me trouxeram a filha deles pra eu conhecer. Eu falei com ela, vi que era estudante de uma universidade bonita, vi que ela tem muitas coisas com os emblemas da universidade, vi os emblemas nas roupas, os emblemas na sua xícara de café, vi que tinha emblemas da universidade até no seu isqueiro, eu disse pra menina quando a conheci para se desfazer dos emblemas da sua universidade, eu lhe disse filha, joga fora as roupas, joga fora a xícara de café, joga fora o isqueiro que trazes contigo, não é importante a universidade bonita porque és afortunada por tua inteligência e não pela universidade bonita, a menina se assustou porque o isqueiro com o emblema da universidade estava na bolsa dela, que eu apontei, ela me deu o isqueiro, mas eu disse não, filha, tens que jogar fora.

A filha deles não fez velada, ela foi até o povoado onde eles estavam ficando, eu fiz velada com os srs. Tarsone dessa vez. Vi que o sr. Tarsone tinha ficado muito doente quando era criança, passou mais de quarenta dias e quarenta noites no hospital, ficou ligado nas máquinas quando era criança, eu vi quando ele negociou um brinquedo com um médico sabido pra não ferirem mais um braço dele picado pelas agulhas, eu vi ele negociando com seu brinquedo que deu ao médico sabido pra não continuarem picando seus braços e o médico sabido aceitou o brinquedo, picou o outro braço e voltaram a picar onde doía e o médico sabido deu o brinquedo pro pai do menino Tarsone, ele era negociante desde menino, um lince, sem saber falar todas as palavras já negociava, um lince, eu vi que nasceu pros negócios, desde criança ele trazia nele os negócios e os negócios trouxeram as moedas pra ele.

Perguntam pra mim como vês o passado das pessoas Feliciana, se dizes que vês o presente. Eu por isso digo A Linguagem é o presente, mesmo que alguém diga que é passado, é presente, e às vezes o presente contém o passado, às vezes contém o futuro, mas sempre é presente. Pra Deus sempre é presente, pra nós sempre é presente, A Linguagem é presente e isso que eu lhe digo que os srs. Tarsone escreveram nos jornais que fizeram minha fama crescer e trouxeram o povo estrangeiro aqui pra San Felipe. Eles trouxeram o povo que veio conhecer as águas profundas com A Linguagem.

Muita gente veio e eu perguntava pra todos por que vinham, só de olhar eu já sabia quem queria conhecer seu presente, quem buscava suas águas profundas, eu saía com meu cigarro, fumava e olhava pra eles, perguntava o nome deles, só de olhar eu via quem queria ser guiado pela Linguagem e quem queria só se divertir. Paloma me dizia Feliciana, meu bem, se fazes o trabalho sério, meu amor, alguém tem que se divertir por ti, eu vou farrear de noite no vilarejo. Paloma começou a sair muito nessa época, vinha pouco, o pouco que vinha aqui me ajudava.

Veio aquele músico que eu falei, estava vestido de branco resplandecente, tinha ares de importância, forças grandes, veio com sua gente, Paloma ensinou pra ele como se dizia Príncipe em espanhol, ele me dizia eu chamo Príncipe, assim dizia na língua do governo, e Paloma ensinou palavras em espanhol pra sua gente. Vinham pessoas, eu lhe digo, vinham pessoas de outras línguas que ficavam nas casas do pessoal do povoado, vinham com suas mochilas, com suas moedas, davam presentes pras pessoas em San Felipe pra lhes darem teto e morada. O governador teve que fazer ruas, ele queria ficar bem com as pessoas de fora, pra ele não interessava ficar bem com o povo da vila, as pessoas que falam línguas estrangeiras é que importavam, fez uma praça, fez um quiosque, mandou pôr um poste alto no meio da praça, várias fitas formavam uma estrela que caía do poste alto pra outros postes pequenos, e ele mandou pôr um monte de papel picado nas fitas que dizia "San Felipe, meu vilarejo mágico", e o povo estrangeiro então tirava fotografias com ele no quiosque, ele convidava as pessoas pra sua casa de governo, ele não conhecia o músico Príncipe, mas viu nos jornais que ele era conhecido em outras línguas e me mandou pedir, por um dos seus homens mensageiros do governo, que quando viessem artistas famosos lhe avisasse.

Já tinha estrada, já tinha as ruas que o governador mandou fazer pras pessoas do estrangeiro quando Paloma foi pra cidade e amou um homem com uma enfermidade ainda não nascida, esse homem trazia a enfermidade que deu os trinados da morte pra Paloma.

18.

    Minha mãe telefonou para meu pai e lhe disse que tinham expulsado Leandra porque ela provocara um incêndio na escola. Várias vezes tentou ligar para o celular dela, mas Leandra não atendeu. Meu pai parou de falar com ela naquela noite. Alguns dias depois, pediu-lhe para explicar o que acontecera.

    A escola havia sido fundada vinte anos antes, e durante todo esse tempo trabalhava na limpeza da escola uma mulher chamada Micaela. Ela era mãe solteira de um adolescente de treze anos que estava na mesma sala que minha irmã. Cuauhtémoc tinha uma bolsa integral, e estudava ali desde a pré-escola sob duas condições: que Micaela mantivesse seu trabalho e que Cuauhtémoc não baixasse sua média. Cuauhtémoc era tímido e não costumava falar na aula a menos que o professor da matéria lhe pedisse para participar. As coisas mais ou menos se estabeleceram assim ao longo do tempo: ele não interagia com os colegas e os colegas não interagiam com ele. Ninguém o incomodava, alguns ignoravam sua presença, outros o cumprimentavam sem nenhuma conversa além do necessário. Ele não era convidado para ir à casa deles nem para suas festas. Tinha ido a uma excursão escolar, participara dos preparativos da formatura do ensino fundamental, mas era só isso.

Cuauhtémoc parecia ter uma vida à parte. Não precisavam dele, ele não precisava deles. Tinha um amigo que estava na série anterior com o qual costumava ficar no recreio, gorducho e louco por programação, que era seu único amigo na escola. Cuauhtémoc tinha interesses diferentes dos adolescentes de sua geração. Ele não estava interessado em pertencer, não estava interessado em se integrar a suas conversas, nem se interessava por meninas ainda. Era alto, muito mais alto do que sua mãe. Usava suéteres tricotados à mão, calças de poliéster, camisetas com referências que escapavam a seus colegas, e quando o conheci, usava um cachecol marrom tricotado por sua mãe.

Assim que Leandra entrou na escola, Cuauhtémoc lhe chamou a atenção. Ela conversava com ele, sentava-se no banco ao lado dele na aula, depois começou a se sentar no mesmo banco, os dois se tornaram amigos e, em parte por causa do modo de ser de minha irmã, em parte por causa da personalidade dele, Leandra fez uma ponte entre seus novos amigos na escola e Cuauhtémoc.

Leandra depois fez amizade com um pequeno grupo de adolescentes em sua classe no ensino médio. Havia uma menina de uma família católica cujos pais tinham se divorciado recentemente, seu pai era dono de um cartório importante e de uma casa de campo da qual Leandra logo ouviu histórias épicas. Vários colegas tinham se divertido muito lá, menos um menino que tivera uma crise de apendicite no fim de semana em que foi. Dizia-se que a casa era espetacular, tinha um espaço para fazer fogueiras e uma pequena sala de cinema, uma máquina de pipoca como as que havia em cinemas comerciais e cobertores em cada poltrona. Depois do divórcio, a casa ficou para a mãe e ela começou a ir mais vezes com sua única filha. Todo fim de semana que podiam, ela e a mãe costumavam ir com os amigos. A menina fizera uma festa na casa de campo pouco antes de Leandra entrar na escola, tinha convidado alguns de seus colegas de classe e a mãe fora com algumas amigas e casais também com filhos adolescentes que fizeram amizade com os amigos de sua filha.

Leandra, Cuauhtémoc e seu amigo conversavam numa rodinha com os outros alunos sobre esse fim de semana. Eles tinham levado um baseado que fumaram em algum canto da casa e haviam feito um filme. Eles o chamavam assim, embora fosse mais um vídeo o que haviam feito atribuindo-se papéis e contando uma piada atrás da outra entre ataques de riso. Mais tarde, eles o projetaram na pequena sala de cinema, alguns dos adultos viram uma parte, logo ficaram entediados e deixaram os adolescentes olhando para a tela e, enquanto contavam isso, a menina, num ataque de euforia, convidou todos para irem à casa de campo, incluindo Leandra, Cuauhtémoc e seu amigo da série anterior.

A menina falou com sua mãe, disse-lhe que tinha convidados no fim de semana seguinte para sua casa de campo, incluindo dois novos amigos que fizera na escola, Leandra e Cuauhtémoc. A mãe não sabia quem era Leandra, mas sabia quem era Cuauhtémoc, já o vira nas fotos que faziam das classes todo ano. O nome talvez lhe parecesse familiar, sabia que ele era o filho da mulher que limpava os banheiros da escola, ouvira que Micaela já trabalhara na casa do fundador que tinha vendido a escola fazia muito tempo, ela havia até mesmo cumprimentado Micaela quando a encontrara por acaso numa quermesse, acompanhada de Cuauhtémoc. Tinha quase certeza de que era o único com esse nome em toda a escola, quando lhe perguntou se era o filho da mulher da limpeza e sua filha disse que sim. A mulher se descontrolou e no dia seguinte foi à escola falar com a diretora. Elas tiveram uma conversa a portas fechadas, os boatos logo se espalharam pela escola, e dois ou três dias depois Cuauhtémoc não voltou à classe.

Leandra falou com Micaela. Contou-lhe em detalhes por que tinham tirado a bolsa de estudos de Cuauhtémoc: ele havia baixado sua média semestral, era verdade, embora estivesse quase na média combinada, mas a diretora se escudara nisso para expulsá-lo. Micaela sabia por que aquilo realmente acontecera e não queria revidar. Sabia que a mãe da menina tinha ido fazer um drama porque não concordava em pagar uma mensalidade alta, além de ter doado dinheiro para a construção dos novos laboratórios de química e o anexo às salas de aula do primário, para que sua filha acabasse saindo com os filhos dos empregados. A escola não estava com toda a papelada em ordem, haviam acabado de fazer uma grande despesa com a extensão da escola, e a diretora não queria ter problemas com a família da menina, que emitira pro bono toda a papelada do cartório. A diretora na época não tinha recursos para mais nada, mas isso ninguém sabia. Era mais fácil expulsar Cuauhtémoc, fazer pressão naquela mulher para salvar o andamento diário da escola. Depois que minha irmã falou com Micaela no banheiro da escola, pegou um recipiente de gasolina do laboratório, guardou-o na mochila, pegou o Zippo furta-cor que sempre levava consigo e ateou fogo na lixeira ao lado dos ônibus escolares.

As chamas queimaram o telhado de fibra de vidro que cobria uma parte da lixeira. As chamas altas atingiram os galhos das árvores ao redor e eles começaram a queimar. O incêndio foi se espalhando para as árvores, para os ônibus, para os carros que estavam por perto, mas no momento em que as chamas altas começaram a queimar a copa das árvores, havia alguns alunos perto do fogo, e os motoristas dos três ônibus, uma professora de química e o pai de um aluno que tinha chegado cedo para pegar o filho o apagaram como puderam, com uma mangueira, com baldes de água, com dois cobertores do zelador. Sem extintores.

A mãe de um dos alunos do terceiro ano do ensino médio que trabalhava num escritório de advocacia descobriu o que acontecera e ligou para a diretora. Como era possível que eles não tivessem instalações seguras para os alunos?, seu filho lhe dissera que não havia extintores de incêndio na escola, e na mesma tarde ela pediu os papéis que comprovavam as medidas de segurança contra incêndios e terremotos. A diretora, muito alterada, disse à minha mãe naquele telefonema que graças a Deus o fogo tinha sido controlado, que havia extintores de incêndio, mas minha irmã Leandra pusera em perigo a vida de todos na escola. Meus pais tiveram conhecimento depois de que Leandra sabia que os extintores estavam vencidos, que se alguém sairia prejudicado num incêndio naquela área específica da escola seria a diretora, então ela escolheu um horário e acertou em cheio no alvo.

Meu pai pôs Leandra de castigo, mas negociou com ela. Ele foi à escola para falar com a diretora sobre o caso de Cuauhtémoc, disse-lhe que eles tinham o privilégio de poder oferecer outra escola para Leandra com o trabalho dos dois, e esperava que o trabalho de Micaela também gozasse do mesmo privilégio de oferecer educação ao seu filho Cuauhtémoc, se ela não quisesse procurar para si mesma um problema maior por discriminação.

A escola fechou por duas semanas. A diretora e sua equipe administrativa correram para pôr em ordem a papelada urgente, adquirir novos extintores de incêndio, garantir com o pessoal da proteção civil as saídas de emergência em caso de um terremoto. O acordo entre meu pai e Leandra conseguiu o que no fundo ela queria: confrontar a diretora, embora fosse uma garota de treze anos com sede de atenção. Meu pai fez um acordo com a diretora: Leandra não voltaria para a escola, não faria nenhum escândalo, desde que Cuauhtémoc voltasse às aulas.

Leandra ficou de castigo por dois meses. Essencialmente, não podia sair de casa. Uma das poucas permissões que lhe deram, na verdade quase uma solicitação de meus pais, foi convidar Cuauhtémoc para jantar em casa. Eles queriam conhecê-lo pessoalmente. Entenderam que era importante puni-la, porém, mais importante que isso, queriam ter certeza de que Leandra não tornaria a atear fogo em nada, que não iria pôr em perigo mais pessoas ou a si mesma.

Meu próprio incêndio chegou tarde para mim.

Feliciana me ofereceu três veladas. Voltou a me lembrar que Paloma tinha me levado a San Felipe por algo que era uma pendência para mim. Ao anoitecer, em sua cabana, pegou uma pequena xícara com pós pretos, que passou em meus antebraços e que também ficaram em suas mãos, e começou a entoar uma melodia simples que parecia aquelas que as crianças inventam quando estão brincando. Cantando, deu uma volta lenta em torno de mim, deixando-se levar; com um sinal me pediu que lambesse os pós pretos de suas mãos, que tinham gosto de terra e chumbo, e continuou cantando. Segundos depois, vomitei; ela se agachou, me tranquilizou, me deu a entender que era parte da cerimônia. Seu canto era melódico, rítmico; sons, palavras que se repetiam, iam se alternando e mudando como num caleidoscópio de sons. Feliciana brincava com as palavras como uma criança brinca com as palavras que mal aprendeu.

Nas mãos, Feliciana tinha um pedaço de seda vermelha tingida por sua filha Apolonia. Dali, ela tirou cogumelos, sacudiu-lhes a terra com os dedos, me deu três pares e comeu outros três. Tinham o gosto muito parecido com o dos cogumelos que compramos no supermercado. Quando terminei de comê-los, me deu calor. Tirei a jaqueta, ela deu uma volta lenta em torno de mim repetindo, cantando uma frase que mudava com pequenas variações, que iam formando novas imagens. Feliciana pegou uma de minhas mãos e, ao contato com sua pele, senti que nós duas começamos a flutuar. Nós nos elevamos e saímos pela porta de madeira de sua cabana. Voamos por cima de sua *milpa*, por cima de San Felipe. Vi o povoado lá embaixo, vi as luzes da cidade se afastando, como se afastam da janelinha de um avião quando decolamos, luzes que iam se tornando cada vez menores e cintilantes. Vi a imensidão da noite e das estrelas. Notei que Feliciana já não estava comigo. Subi cada vez mais rápido até um ponto no espaço e lá no alto vi partículas borradas em distintos tons de cinza, como partículas em movimento sob um microscópio, pixels instáveis. Imediatamente comecei a me mover, voltava, baixava. Via com nitidez o trajeto de volta até atravessar as nuvens brancas no céu da noite, as luzes minúsculas e cintilantes da cidade, San Felipe, os cerros, uma semente de cana de perto, a *milpa* e o cabo de eletricidade que cruzava a ravina debaixo de meus pés, o telhado de madeira da cabana de Feliciana, a porta de madeira que abri, a cadeira em que eu estava e minha mão que Feliciana tocou com a sua enquanto cantava. Dessa vez, com o contato, viajei até o interior de sua mão, uma viagem longa como a que fiz ao exterior, tão perfeita em sua geometria até as profundezas do corpo, até o mais íntimo de uma célula, ao lugar mais profundo que pude chegar. Ali vi partículas borradas em distintos tons de cinza, como partículas em movimento sob um microscópio, pixels instáveis, idêntico o que estava no ponto mais alto da Via Láctea ao ponto mais profundo numa célula do corpo, e embora Félix não tenha aparecido fisicamente, entendi que aquela viagem era meu filho.

 Feliciana me pediu que voltasse nas duas noites seguintes. Na segunda, fez uma cerimônia com A Linguagem. Eu me deitei numa esteira ao lado de seu altar iluminado com velas de cor semelhante à de café com leite. Deitei-me sobre umas ervas que Feliciana tinha ido pegar para mim naquela tarde no monte. Ela me fez algumas perguntas, o intérprete nos guiava. Feliciana me dizia as imagens que lhe vinham e que completavam o que eu dizia. Entendi que o espaço na garagem que meu pai reservara para fazer o que gostava havia nos dado um rumo, tanto a Leandra como a mim, e entendi que eu, ao contrário de Leandra, tinha essa conta pendente. Em meu papel de primogênita, nunca me permitira fazer algo que eu quisesse fazer por gosto: eu fazia o que precisava ser feito. As obrigações no jornal me fizeram esquecer por que, quando adolescente, eu tinha querido estudar jornalismo, a mesma razão por que me enfiei nas aulas de bateria e escrevia poemas recostada em minha cama de solteiro.

Feliciana me guiou a uma cena infantil na qual eu nunca tinha pensado, que eu não guardava na mente; no entanto, debaixo de várias memórias emergiu o primeiro momento de cumplicidade que vivi com meu pai. Estávamos vendo televisão, ele estava com o controle remoto e mudava de um canal para outro, eu tinha uns cinco anos. Estava passando alguma coisa num filme que começamos a ver já pela metade e em que nós dois achávamos graça, ríamos juntos, não era algo deliberadamente engraçado, isso o tornava mais engraçado e nossas risadas começaram a se contagiar uma à outra. Deitada na esteira, comecei a rir. Na terceira noite, Feliciana me deu quatro pares de cogumelos e me guiou com A Linguagem, leu uma página do Livro para mim. É sua, esta é sua página e estas palavras da Linguagem são suas, Zoé. É a página que lhe falta, ela me disse.

19.

Tem vários tipos de cogumelos. Aqueles que brotam dos excrementos de gado nós chamamos de Bois, esses saem juntos como os bois andam no arado. Os que brotam nas árvores no tempo de chuva nós chamamos de Gatos. Os que brotam na plantação de cana nós chamamos de Pássaros, e os que nascem na terra úmida do monte nós chamamos de Crianças. Eu chamo eles de cogumelos Crianças, são os que eu uso pras minhas veladas. Já usei Gatos, não são tão poderosos como as Crianças, são como gatos, eles vêm se quiserem, ficam na árvore em que brotaram, mesmo que a gente coma eles ficam lá, a gente nunca sabe quando eles vão vir, se vão vir, se não vão, se ronronam se aparecerem ou se ficam arranhando o tronco da árvore de onde a gente tirou os cogumelos Gatos. Os cogumelos Gatos vão à velada quando querem, se quiserem, mas se eles vêm, ronronam, igual os cogumelos Pássaros, mas esses são mais diáfanos, são diáfanos os cogumelos Pássaros assim como os sonhos são ligeiros no dia até que saem voando de nós, são diáfanos de dia os sonhos assim como as asas são ligeiras pra voar. Os cogumelos Bois são poderosos só se tomados em vários pares, como os bois precisam estar juntos pra arar com força, mas esses cogumelos é preciso estar acarreando, é preciso dizer pra eles venham por aqui, por aqui não, por aqui sim. Os cogumelos Crianças são o presente, esses são os mais poderosos porque são o presente, assim amplas como o presente são as visões. As pessoas dizem o presente não dura mais do que dura a palavra porque na palavra seguinte a outra já é passado, assim elas vão se atropelando e as pessoas me dizem Feliciana como são as visões se o presente não dura, eu digo pra elas o presente é amplo como a pessoa, o presente é amplo como A Linguagem.

Na velada que fiz pro Guadalupe em que vi como seu pai olhava pra ele com a túnica laranja ardente como incêndio na noite e de longe zombava dele eu vi que os cogumelos Crianças curam a alma e não só curam o corpo enfermo porque olham o presente amplo como ele é, porque o presente não é só o presente do corpo. Não é que os cogumelos Crianças adivinhem, é A Linguagem que expõe o presente ao sol, a que alumia o amplo. Eu vi isso claramente com Guadalupe, vi claramente como a manhã deixa claros os trinados dos pássaros quando me trouxeram Guadalupe daquela vez e eu curei seu mal de alma, o que ele tinha com o pai. Os cogumelos Crianças são poderosos, dizem a verdade, seu presente não esconde as sombras, olham as águas profundas do presente com A Linguagem que expõe ao sol, por isso o povo me diz Feliciana tu vês o futuro, mas eu digo não, eu vejo o presente. E às vezes aí anda passeando o passado e o futuro nas dolências do corpo e da alma, e por isso saem, por isso o povo me diz Feliciana tu vês o futuro, mas se parece isso é porque o futuro passeia no presente. Os cogumelos Crianças não entendem de passado, não entendem de futuro, não sabem do ontem nem do amanhã, isso não interessa pra eles, vivem o presente como as crianças.

Eu já curei idosos, curei crianças e uma criança é mais fácil de curar que um idoso. Uma criança é mais leve de curar que um homem porque o homem se afoga nas águas profundas das suas angústias, se afoga nos seus pesares escuros, em compensação a criança com febre que ferve seu sangue, com suores gelados que não deixam ela dormir, ela sorri pro homem que lhe dá um copo d'água porque isso remedeia o presente, pois a criança não se afoga nos pesares, não tem as águas profundas nem os pesares escuros, a criança é só água transparente, e assim como a febre que ferve o sangue dela e os suores gelados que não deixam ela dormir, ela não pensa no que vai passar amanhã nem no mal que já passou porque a criança é água transparente, pior está a família dela, mais pesares carregam seus parentes que a criança doente. A criança não tem medo do passado, não tem medo do futuro, a criança não tem medo da morte. Não entende a morte, diga morte a uma criança e você verá que ela não conhece o ovo que a morte põe nas pessoas. O homem tem medo do ovo da morte e ao cair doente também vêm pra cima dele seus pesares, ele é enterrado de tão pesados que são seus pesares, se é uma doença leve diz não vou poder trabalhar amanhã, se é uma doença grave diz não vou poder fazer nada depois de amanhã, se tem febre sente medo que a morte ponha seu ovo. Eu pergunto o que está faltando pra eles, por que têm medo, por que as pessoas têm medo, por que têm medo do que o futuro traz, por que carregam o passado, eu digo às pessoas, o que está te faltando hoje, tens pés, tens mãos, tens ar pra respirar, tens água pra beber, tens terra pra pisar, tens comida e fogo pra te aquecer, tens vida, tens tudo. Eu tenho vida e tenho tudo. Eu digo pra você: quando eu morrer, vou voltar aqui pra minha cabana em San Felipe pras veladas e comer o que minha irmã Francisca faz e vou pedir meu *atole* porque é muito bom o que ela faz, é por isso que eu digo pras pessoas o que falta pra elas, me diga o que falta pra elas se elas têm tudo, se têm tudo hoje não lhes falta nada amanhã.

Os cogumelos Crianças são sábios porque o sábio é Linguagem. O sábio é voz, não é corpo, é assim que Deus vem até nós, não seu corpo, mas sua voz vem até nós e tem A Linguagem com a qual Ele fez a gente e deu as coisas pra nós. As pessoas do povoado disseram que os cogumelos já sabiam inglês de tantas pessoas estrangeiras que vêm me ver em San Felipe. Eu só falo minha língua, essa língua que chega a você pelo intérprete, essa língua é a língua dos meus antepassados. Eu não vou acabar meu idioma com o espanhol, eu com nenhuma língua vou acabar a minha porque esta língua sou eu, esta é a língua dos meus antepassados e esta língua foi a que me fez, e eu honro quem sou quando falo minha língua.

Paloma foi pra cidade e voltou com uma doença não nascida mas prestes a nascer, um dia me disse Feliciana, meu amor, eu escapei do Guadalupe de noite, eu escapei pra San Felipe, eu escapei do meu destino com Gaspar, mas não escapo da morte, eu tenho uma doença não nascida e não vou partir por causa dela, mas sim por culpa dela, a morte já tinha botado seu ovo nela quando ela se tornou *muxe* e amou um político, quando amou um homem mal-amado e sua malquerença acabou com ela. Paloma já tinha ido farrear de noite com a doença não nascida de outro homem aqui em San Felipe, ela contagiou ele e ele, da ira de saber o que Paloma tinha passado pra ele nas noitadas, sem que Paloma soubesse que tinha a doença não nascida, de raiva matou Paloma com um punhal nas costas. Eu, quando vi seu quarto, seu corpo e sua cama com a coberta de pavão lembrei do que meu vô Cosme dizia sobre Paloma quando era o menino Gaspar e ele dizia que soltava as penas quando andava. Eu digo que essas palavras de ira do meu vô Cosme disseram pra morte aqui você põe seu ovo.

Paloma me disse Feliciana, meu amor, às seis horas da manhã se vão aqueles que deixam a terra na hora de Deus, às seis da tarde se vão os que têm a hora nas mãos de outro homem, porque a morte cantou pra Paloma como o sol, de tão clara que vinha a morte às seis da tarde naquele dia que Guadalupe veio me dizer que mataram Paloma com os brilhos nas mãos e eu fui até sua casa e vi Paloma duas vezes no espelho e nas duas vezes ela estava muito viva se não fosse pela mancha de sangue que crescia embaixo de Paloma, onde estava o buraco que lhe fizeram com o punhal. Eram seis horas, eu sei que eram seis da tarde porque ela assim me falou, com a sombra que se faz lá na *milpa*. Não entendo das horas, não entendo dos anos, nem sei quando eu nasci, não me pergunte isso porque eu não sei, mas essa hora terrível eu sei. Eram seis em ponto da tarde porque a luz foi sombreada pela *milpa* e eu olhei e então soube que aquele homem matou ela com um punhal nas costas pela raiva que ele tinha de Paloma ser *muxe*, ele matou Paloma porque era *muxe*, matou Paloma porque ela nasceu homem e acabou mulher, matou Paloma porque ela se vestia com roupas e brilhos de mulher, como se matar Paloma aliviasse ele com a primeira chuva das nuvens carregadas do calor gordo do verão, o desgraçado matou Paloma pela raiva dela, sendo *muxe*, ter passado aquela doença não nascida pra ele, Paloma por ser *muxe* foi morta, por ser mulher mataram ela, por ser curandeira mataram ela, porque a malquerença logo as pessoas chamam de amor, por isso que mataram Paloma e às seis da tarde eu fiquei sem A Linguagem, assim fiquei porque eu, pra que eu ia querer As Palavras sem Paloma, até que meu neto Aparicio devolveu As Palavras pra mim com uma doença que eu precisava curar, mas pra mim A Linguagem secou quando eu vi a sombra na *milpa* e soube que tinham matado Paloma, eu fiquei esvaziada de Palavras, como um poço seco eu fiquei.

Diga isso, diga tudo isso que eu lhe digo. Diga que eram seis da tarde quando Guadalupe veio me dizer mataram Paloma. Diga o que viu, o que eu lhe disse, honre o que você diz, honre o que seu pai lhe disse, assim como eu honro o que o meu me disse, honre seu trabalho com A Linguagem assim como eu honro meu pai Felisberto com o que ele me deu, honre o que sua mãe lhe disse como eu honro o que a minha me disse, honre seus ancestrais com A Linguagem porque deles é o presente, honre sua irmã como eu honro minha irmã Francisca e minha irmã Paloma que me deu O Livro novamente em sonhos, porque ela soube que eu perdi O Livro, eu vi Paloma com seus brilhos me dando O Livro pra curar meu neto Aparicio. Conte sua história, conte a minha porque não são duas histórias a sua e a minha, é por isso que eu lhe pergunto e pergunto. Diga seu nome, diga o meu e diga os dois, seu nome e o meu nome são o mesmo se no alto e no baixo somos todos iguais, não importa o nome que diga, o seu ou o meu, porque somos todos filhos da Linguagem, todos viemos da Linguagem, e se morrermos voltamos a ela, como Paloma que está aqui comigo todos os dias, falando comigo como costumava falar. Ela agora é minha Linguagem. Ela está aqui comigo quando eu lhe falo, nas minhas palavras Paloma está falando com você. Você já foi pras suas águas profundas, você já olhou, suas águas profundas lhe dizem não seu nome mas por que esse nome é seu, dizem essa voz é sua, suas águas profundas lhe dizem aqui começo eu e terminam os demais porque é aí que Sua Linguagem começa, essa que é só sua e de mais ninguém. Essa que agora você vai escrever.

Gostaria de agradecer especialmente ao meu irmão Diego, à minha cunhada Simmone e aos meus sobrinhos Kai e Uma. À minha família. Obrigada a Gabriela Jáuregui, Elena Fortes, Luis Felipe Fabre, Mauro Libertella, Juan Cárdenas, Guillermo Núñez Jáuregui, Verónica Gerber, Amalia Pica. A Juan Andrés Gaitán, Gabriel Kahan, Vera Félix, Federico Schott, Tania Pérez Córdova, Francesco Pedraglio, Eduardo Thomas, Nina Hoechtl, Julieta Venegas, Tania Lili, Valeria Luiselli, Lydia Cacho, Vivian Abenshunshan, Elvira Liceaga, Laura Gandolfi, Mariana Barrera, José Terán, Samanta Schweblin, Julia Reyes Retana, Amalia Andrade, às minhas queridas Redtenters, a Lourdes Valdés (sou e sempre serei grata a você). Obrigada a Pedro de Tavira. A Claudio López Lamadrid, que descanse em paz, e à minha avó Gloria, que descanse em paz. A Pilar Reyes, Mayra González, Fernanda Álvarez e Paz Balmaceda na Alfaguara; a Carina Pons e Jorge Manzanilla na Agência Balcells: que sorte a minha trabalhar com vocês.

Escrevi este livro graças à bolsa do SNC.

ESTA OBRA FOI COMPOSTA PELO ESTÚDIO O.L.M./ FLAVIO PERALTA EM ELECTRA
E IMPRESSA EM OFSETE PELA GRÁFICA SANTA MARTA SOBRE PAPEL PÓLEN NATURAL
DA SUZANO S.A. PARA A EDITORA SCHWARCZ EM MARÇO DE 2024

A marca FSC® é a garantia de que a madeira utilizada na fabricação do papel deste livro provém de florestas que foram gerenciadas de maneira ambientalmente correta, socialmente justa e economicamente viável, além de outras fontes de origem controlada.